Céu Subterrâneo

Coleção Paralelos
Dirigida por J. Guinsburg

Equipe de realização – Edição de texto: Luiz Henrique Soares; Revisão: J. Guinsburg; Projeto gráfico e capa: Sergio Kon; Produção: Ricardo W. Neves, Sergio Kon, Lia N. Marques, Luiz Henrique Soares e Elen Durando.

Paulo Rosenbaum

Céu
Subterrâneo

© 2016 Paulo Rosenbaum

CIP-Brasil. Catalogação na Publicação
Sindicato Nacional dos Editores de Livros, RJ

RR723C

Rosenbaum, Paulo
Céu subterrâneo / Paulo Rosenbaum. - 1. ed. - São Paulo:
Perspectiva, 2016. 254 p. ; 21 cm.   (Paralelos ; 31)

ISBN 978-85-273-1054-3

1. Romance brasileiro. I. Título. II. Série.

16-30882   CDD: 869.93
                                  CDU: 821.134.3(81)-3

02/03/2016 02/03/2016

Direitos reservados

EDITORA PERSPECTIVA S.A.

Av. Brigadeiro Luís Antônio, 3025
01401-000 São Paulo SP Brasil
Telefax: (11) 3885-8388
www.editoraperspectiva.com.br

2016

וְנָהָר יֹצֵא מֵעֵדֶן לְהַשְׁקוֹת אֶת־הַגָּן
וּמִשָּׁם יִפָּרֵד וְהָיָה לְאַרְבָּעָה רָאשִׁים
שֵׁם הָאֶחָד פִּישׁוֹן הוּא הַסֹּבֵב אֵת
כָּל־אֶרֶץ הַחֲוִילָה אֲשֶׁר־שָׁם הַזָּהָב

Um rio escoava do Éden para irrigar o jardim e lá se dividia, formando quatro braços. O nome do primeiro é Pischon. Ele circunda toda a terra de Havilá onde ouro é encontrado

בְּרֵאשִׁית, Bereschit *(Gênesis) 2, 10-11*

Sabedoria é vendida no mercado público,
onde ninguém vem comprar

WILLIAM BLAKE, The Four Zoas *(1797)*

Para minhas meninas

Agradecimentos

À fundação Mamash pela bolsa literária e ao amigo Isaac Michaan pelo total apoio em Israel. Aos colegas apoiadores, escritores e entrevistados durante a viagem e na base, Adin Steinsaltz, Amalia Kahana-Carmon, Amos Oz, Aron Slough. Aos amigos de sempre Leo Lama, Fabio Spuch, Rogerio A.F. Pires e Assis F. Beiras.

Minha gratidão também a Haim Omer, Iddo Carmon, José e Iara Serrano, Menachem-Yael Oberbaum, Nahi Alon, Samuel Seibel, Zilmo Stiefelmann, Regina Machado e Aby Michaan. Pelas leituras, sugestões e comentários, Silvia F. R. Rosenbaum, Maria Helena S. Patto, Maria Cristina Kupfer, Milton Weintraub, Moishe Paim, Lyslei Nascimento e Tom Camargo. Para Berta Waldman pela generosa interlocução, sugestões e o texto de apresentação.

Sumário

Um Midrasch Brasileiro
[por Berta Waldman]   15

I   19
Prazer da Realidade; Tirania das Coincidências; Negativo de
Polaroide; A Imagem de Bosch; Deus ou Nada; Penúltimo
Voo Noturno; Chegada Triunfal; Pressentimentos; Céu de
Ieruschalaim; Tambor do Mundo; Milo; Ser Judeu; Insetos;
Nada é Pessoal; Exílio do Exílio; Nenhuma Outra Criatura,
Exceto o Homem, Pode Evocar o Passado Através da Vontade

II   83
Primeiras Semanas; Museu Rockefeller; Hol e a Tecnociência
Mística

III   111
Tolstói e o Paraíso Perdido; Quem é Peculiar?; O Bilhete;
Nenhum Prazer nas Crises Existenciais; Hebron; Achado no
Oriente Médio; Makhpelá – מערת המכפלה

IV   143
Cidade Fechada; Hominídeos e o Cetro da Ciência; Escritor do Deserto e Rabino Sociólogo

V   161
Odisseia na Gruta; Expedição Clandestina; Desdobramentos; Alguns Escritos

VI   181
Amy; Persuasão; Naufrágio da Poesia; Quem Manda Pedir Provas?; Mata-Borrão

VII   207
O Furo; Acabaram de Ver; Evento Científico do Milênio; Provas Sacrificadas

VIII   225
Balada de um Início; Adão Vive!; Céu Subterrâneo; Sentido do Acima

Um Midrasch Brasileiro

As cidades escondem um fecho temperamental.
Elas só se abrem para os desencontrados.

Céu Subterrâneo, título do recém-lançado livro de Paulo Rosenbaum, é uma metáfora que não só junta o alto e o baixo, como também verticaliza o abaixo da superfície visível do chão. O objeto visado, a Makhpelá, não é uma gruta qualquer, mas o Túmulo dos Patriarcas, perto de Hebron, que o Abraão bíblico teria comprado de Efrom, o hitita, para a sepultura de Sara (*Gn* 23). Com o tempo, Abraão, Isaac, Rebeca, Jacó e Lia também teriam sido aí sepultados. Durante o período bizantino, a Makhpelá foi marcada por uma igreja e, depois da conquista árabe, por uma mesquita. A partir do século XII, porém, os árabes proibiram a entrada de não muçulmanos, exceto em circunstâncias especiais. Hoje, a visitação é organizada por horários para cada uma das comunidades religiosas interessadas. A gruta, que se encontra bloqueada, é circundada por uma construção cujas bases datam da época do Segundo Templo. É justamente esse local tão caro a judeus e árabes, que agrega uma parte importante dos acontecimentos deste romance.

Nele, o psicólogo Adam Mondale, especialista em comportamento animal, judeu laico, desfilhado de qualquer origem, que construiu uma vida com sua mulher, é destituído do cargo de diretor de uma conceituada universidade brasileira e, aposentado precocemente, embarca no último voo noturno para Jerusalém. Com digressões narrativas, episódios de família, a esposa, a história familiar, o sogro, os pais sobreviventes da Schoá, a ditadura no Brasil, seus estudos e pesquisas na faculdade, o desejo de se tornar escritor, o romance lentamente se encaminha para a necessidade da viagem a Israel, uma pausa que se abre na vida que o protagonista vinha levando.

A chegada ao país é típica: as dificuldades com o idioma, o inverno, o motorista que o deixa em plena madrugada na rua, as malas difíceis de transportar, o apartamento alugado pela *internet* que oferece gato por lebre, a falta de aquecimento central, parcos moradores, tudo subsumido ao desejo de se adaptar e de se sentir em casa para que a viagem desse certo. O protagonista é uma espécie de *alter ego* do autor, que ganhou uma passagem a Israel para pesquisar material para seu próximo livro, este que o leitor tem em mãos.

O tempo narrativo não é cronológico, assim, o romance inicia com o protagonista em Jerusalém, tendo sido visitado pela polícia israelense que, sem maiores explicações, retém seu passaporte e comunica que ele deverá permanecer no país.

Na manhã seguinte, o protagonista segue em táxi para um laboratório fotográfico profissional, com o negativo que poderia ter conservado algo de uma imagem original, que se deseja revelar. É essa imagem – e ao que a ela se refere – o núcleo do romance, um misto de mistério e suspense, elementos que envolvem, por sua vez, a construção de um *midrasch*.

Na tradição teológica judaica, especialmente na tradição talmúdica, a interpretação não pretende delimitar um sentido unívoco e definitivo; ao contrário, o respeito pela origem divina do texto impede sua cristalização e sua redução a um sentido único. Assim, o *comentário* tem antes por objetivo mostrar a profundidade ilimitada da palavra divina e preparar sua leitura infinita, para gerar sempre novas camadas de sentido até então ignoradas. O *midrasch* contém, assim, um sentido que não se fixa. Como não se fixa, no sentido de não se definir exatamente, a imagem a partir da decifração do negativo e da identificação do que se oculta na Makhpelá. A imagem suja, precária e indefinida é identificada como uma possível fonte primária. De quê? Suspense:

"No entanto, se aquilo tivesse o mínimo de consistência, eu teria resgatado uma imagem que passaria a fazer parte da história. Um único negativo poderia me fazer superar o limbo da mediocridade."

Seu constante interlocutor (imaginário?) é o amigo Assis Beiras para quem destina suas impressões metalinguísticas:

"Se há alguma função para o escritor, só pode ser fazer com que o leitor se afaste do método e seja tomado pela imaginação. Tomado. Só assim, com a função da razão pura suspensa, a história funcionaria como uma vida à parte. Só assim poderíamos circular entre os dois mundos, do autor ao leitor."

A região de Hebron é cheia de turistas e conflitos. O local sagrado afeta o protagonista. A ideia de que o primeiro homem e a primeira mulher estariam ali enterrados, os pais da humanidade, enche-o de perplexidade. Elucidar o que há na gruta passa a ser a preocupação final do escritor viajante. É aí que o leitor é contemplado com um *midrasch*, que alinhava o relato de modo a atar todos os lances num belo desfecho que não vou antecipar, para deixar que se cumpra o prazer da descoberta, o prazer da leitura.

Entretanto, a leitura midráschica não é a única. É possível ainda ler o livro numa chave pós-moderna. A amplitude de tempos que o romance abarca, o mundo imagético que sugere, com seus ícones e signos, o mistério a ser desvendado, algo como uma condição ilusória que entra em choque com a existência cotidiana, cria um clima pós-moderno, em que o homem habita um mundo repleto de ícones e signos privilegiados, que se contrapõem aos objetos cotidianos e pedem a elucidação de um sentido. Qualquer que seja o trajeto interpretativo, adianto que a travessia vale a pena.

Berta Waldman
Professora titular de Literatura Hebraica
e Judaica da Universidade de São Paulo

I

Prazer da Realidade

O casal de agentes policiais acabara de deixar o apartamento e eu ainda me esforçava para entender. Tentava enfileirar fatos, enquanto o prazer da realidade estava em desordenar tudo. Depois de descartar a ideia de hospedagem em um hotel, resolvi alugar um apartamento. As indicações eram unânimes: casa ou apartamento em localização nobre, em regiões onde se concentram os grandes monumentos e ícones religiosos. No site bilíngue, entre milhares de opções, escolhi uma acomodação distante de tudo aquilo: um apartamento moderno, bem ao lado do grande mercado central, o Makhane Iehudá, um lugar de comércio popular.

Sentei para recapitular.

A primeira coisa de que me lembro é que mal chegara da rua e ouvi os três toques secos à porta. Com as sacolas ainda penduradas, abri a porta e deparei com a dupla fardada. Pensei: "incêndio ou terrorismo".

– Senhor Mondale? *Schalom*!

– Pois não? Em que posso ajudá-los? – Me inclinei para a frente a fim de enxergar o corredor por cima daqueles ombros uniformes.

O homem estendeu um papel lacrado em minha direção. Eu ainda tentava romper a cola do envelope quando ouvi:

– Precisamos de seu passaporte, aí explica que ele será retido, temporariamente.

– Como assim, retido? – A entonação daquele "temporariamente" fez o tempo parar. Aí comecei a não respirar direito.

Tive que convidá-los a entrar. Não ultrapassaram o *hall* de entrada, enquanto eu revirava a mochila, buscando o documento pelo tato. De vez em quando, discretamente, torcia o pescoço para avaliar a bagunça do apartamento.

Estava na cara, alguma coisa ia muito mal: a polidez exagerada, a expressão facial amorfa, sem expressão, desbotada pelos deveres cumpridos. E a mulher? Intrometida. Em minha própria casa, farejava indícios suspeitos apontando seu queixo pontiagudo para todos os cantos.

Estiquei o braço e entreguei o passaporte sem sair do lugar. Fiz questão de mostrar imobilidade e leniência. O agente ignorou meu desaforinho e aceitou dar ele o passo até mim. Recolheu o documento sem inspecioná-lo, para, em seguida, ajeitá-lo na abertura da cinta de couro, bem ao lado da pistola automática com o gatilho à mostra.

– O senhor deve permanecer no país.

– Foi pela foto? – Esqueci meu descaso, arrisquei uma voz cínica, de vítima contrariada – Se foi, sou o primeiro interessado em esclarecer.

– Senhor Mondale, viemos apenas informá-lo. Não se aflija. Seu passaporte será devolvido assim que tudo se resolver.

"Não me afligir?"

– E quando será isso?

– Não temos permissão para discutir o assunto! – Os agentes trocaram olhares num entrosamento que dizia tudo.

– Estou preso? – Rapidamente formulei imagens. Fui da certeza da negativa às algemas apertadas. Deve ser isso que sentem criminosos convictos da própria inocência.

O policial abrandou os lábios e fez oscilar a cabeça com "não". Ela só se inclinou, enfiou os polegares nos bolsos e levantou o bico dos sapatos ao sorrir para o chão.

Um ultraje, mas controlei o abalo.

– Pedimos que fique no país até tudo estar solucionado!

"Tudo solucionado?"

– É pedido ou ordem?

No mesmo instante me arrependi, mas os guardas não reagiram. Então decidi mudar de estratégia. Manobrei o tom da voz até chegar ao timbre "cordato desconfiado".

– Até quando? Pode demorar semanas, meses...

– Tenha um bom dia, senhor Mondale!

Eles saíram juntos e, assim que fechei a porta, corri para abrir a janela. O vento itinerante da manhã entrou e varreu de volta a retrospectiva daquelas últimas semanas.

Tirania das Coincidências

Lembro-me de que dormi mal naquela noite. Acordei várias vezes sobressaltado. Estava me recriminando por culpas tão indistintas que, no fim, viraram uma só, e a parada final de todas elas era na estação do medo, igualmente indistinto. Aquele medo não objetivo, o pior deles.

Em São Paulo, ainda no sala de embarque do aeroporto estoquei números telefônicos, revisei roteiro e itinerário. Os contatos vieram de todos os lados. Escritores, jornalistas, rabinos, adido cultural, guias turísticos especializados, psicólogos, ativistas políticos de esquerda e de direita.

Despertei da insônia com o endereço do laboratório nas mãos e, quando percebi, já estava no ponto de táxi da rua Ben Hillel. Mostrei ao taxista o bilhete com o destino. Era um iraniano. Poucos dias em Israel e eu já havia sido transportado por judeus iraquianos, marroquinos, iemenitas e russos.

– E os motoristas israelenses?

Ouvi da boca de um deles:

– Desde a fundação de Israel, milhões de judeus foram expulsos e exilados, a maioria veio de países árabes. Para nós, e para os russos, restou dirigir, mas não reclamo... O senhor é de onde?

Não estava com a menor paciência para conversas. Troquei mais duas palavras. Em menos de quinze minutos, em completo silêncio, agradeci a explicação e paguei a corrida. Desci em frente ao melhor laboratório de fotografia profissional de Jerusalém. Ficava quase na entrada do bairro Geula, reduto ultraortodoxo.

Era um sobrado. Na parte de baixo da loja, material fotográfico comum.

O jovem do balcão era negro, usava solidéu e misturava construções verbais simples. Na fila, quando chegou minha vez de ser atendido, o rapaz olhou com estranheza para o invólucro, um plástico duro, onde eu havia protegido o negativo.

– Não temos equipamentos polaroide. – E balançou a cabeça repetidamente para reafirmar o que já estava claro para mim.

– Seu nome? – Eu perguntei, me inclinando em sua direção.

– Kadmo, Kadmo Bengali, senhor! – Muito solícito, tinha baixa estatura. Provavelmente um judeu de origem etíope, de voz rouca e, apesar de não ter nem trinta anos, completamente calvo.

– Adam Mondale. – Estendi a mão para cumprimentá-lo, e com a mão no ar, percebi que o toque físico não era um protocolo universal – Preciso falar com seu chefe, quem é o gerente?

O balconista não entendeu ou ficou esperando mais informação.

Só quando abri os braços o rapaz foi até os fundos do estúdio. Eu acompanhava tudo de longe. Tomei um susto quando vi o gerente arrancar o plástico das mãos indecisas do atendente.

O gerente parecia saber exatamente o que fazer. É sempre confortável ver gente ágil. Com o invólucro em mãos subiu ao segundo andar engolindo três ou quatro degraus por vez. Sumiu de vista, mas pude acompanhar os passos no andar de cima.

Foram dois telefonemas sequenciais. Gritava do jeito israelense e nem precisei me esforçar para escutar. Não vejo grande mérito na percepção, mas em poucos dias já havia percebido o código: era uma combinação de aspereza, insultos rituais e extrema objetividade. Parecia haver um ganho prático nessa combinação pois, em menos de cinco minutos, o sujeito desceu e voltou com a solução:

– *Mister* Mondale? – Eu me distraia com um álbum para armazenar fotografias. – Iddo Kaufmann, gerente. Podemos fazer – e colocou o plástico com o negativo em cima da mesa –, pode demorar setenta e duas horas. E vai... custar... uns oitocentos *schekalim*[1]. A hesitação era para deixar claro: não seria barato.

De fato, revelação de uma foto comum um dólar; aquele exemplar, duzentos!

Antes que eu desse qualquer sinal de espanto, Iddo foi alertando para os detalhes.

– Quantas imagens?

– O que você sugere?

– Podemos fazer três. Duas de 12 por 22 centímetros e uma de 22 por 34.

– Estou de acordo. – Aliviado com a solução rápida, esqueci a extorsão. Era comum em mim: decisões por impulso me livravam das pendências.

– Senhor Mondale, queremos que entenda, não garantimos nada... nenhuma garantia.

– O original pode estragar, é isso? – Encarei o gerente nos olhos.

Iddo abaixou a cabeça e levantou os braços, anulando as chances de assumir a responsabilidade.

– É que esse negativo é único! – supliquei.

– Senhor Mondale, este "original" é velho. – Iddo agora usava um tom depreciativo. Mesmo se estivesse falando em aramaico eu perceberia. Ele prosseguiu – O senhor deve saber que não existem negativos em câmeras polaroide desde 1974.

– Eu sei! – confirmei rapidamente como se tivesse a mesma certeza.

---

1   Plural de *schekel,* a moeda israelense.

Iddo continuou com os braços abertos e ameaçava desistir do favor que me fazia.

– Ok, e o que sugere que eu faça com isto? – Suspendi o plástico transparente que protegia o negativo para o expor de novo.

– Exato. Essa é a nossa esperança! Reze para ter conservado algum resíduo de imagem! – Iddo deu de ombros antes de concluir – Isso é só uma cópia do negativo, compreende? É aquele segundo negativo que ajuda a fixar a imagem. Tudo é possível. Até que aí tenha se conservado qualquer coisa da foto original.

– Qualquer coisa ajudaria.

– Somos o único laboratório da região que faz laudos descritivos das imagens. – Eu ouvia a propaganda de Iddo enquanto dividia o olhar entre o plástico e o gerente, sem conseguir tomar uma decisão

– Sempre fica um pouco de imagem...

O técnico continuou explicando:

– O negativo é velho, sujo e pegajoso. Ficou guardado onde? Tem essa gosma. – Com o nariz indicou nojo.

– Não sei –, respondi firme, esboçando um melindre. Internamente já tinha decidido concordar com tudo: preço condições e prazo.

– Cuidado! Muito cuidado, *bevacaschá*[2].

– Senhor Mondale, fique tranquilo, o senhor está em boas mãos. Para facilitar, podemos enviar o material revelado para seu hotel.

– Estou hospedado num apartamento aqui mesmo em Jerusalém. Rua Agripas. Há algum risco de extravio?

Ele não respondia e fui falando enquanto ele se perguntava por que, num mundo digitalizado, alguém se daria ao

---

2   Por favor.

trabalho de tentar recuperar um resíduo de um farrapo de papel.

– Fico só mais uns dias na cidade.

Paguei à vista com cartão de crédito e preenchi um interminável cadastro.

Como não houve pechincha nem discussão de preços, Iddo estranhou. Finalizou a nota fiscal e me comunicou:

– Faremos gratuitamente uma imagem em tamanho padrão. Podemos enviar por UPS, para o endereço que desejar.

Fiquei alguns segundos pensativo e, mais uma vez, o gerente resolveu.

– Pode ser para o Brasil?

– Ok.

– Já temos seu endereço – Iddo sorriu.

Apertamos as mãos. Saí tão distraído da loja que quase trombei com uma transeunte que acabara de atravessar a rua. A moça, a julgar pelos trajes, judia ortodoxa com lenço estufado sobre a cabeça, carregava um bebê pendurado nas costas, enquanto outra criança a seguia desatenta, segurando a longa barra da saia arrastada pela rua.

Desculpei-me e fiquei parado, inativo e embevecido com a beleza pálida e distante daquela senhora. Mas nem a mulher nem ninguém parecia se importar. Com nada.

Ainda parado em frente à porta do laboratório fotográfico considerava o que faria em seguida.

"A imagem significa tudo isso? Estou exagerando a sua importância?"

E aí veio a paranoia com sua mão dupla. Ondas de perseguições imaginárias se levantavam: "Preso? Por que não entreguei o papel à autoridade arqueológica e esqueci o assunto? Imbecil! Adam, você está de parabéns, uma besteira atrás da outra".

Com o punho, meti um cutucão na têmpora, como sempre fiz desde criança. Já havia me prometido parar com aquilo, mas as pequenas autoagressões me ajudavam a acordar. Por que arriscar tudo depois de ter planejado tanto? Se pudesse ser honesto, teria que admitir, o verdadeiro agente de toda trama tem que ser o acaso. Tinha consciência que, no curto prazo, minha sobrevivência dependia do zelo com que praticava a desonestidade comigo mesmo.

Mais uma vez, meu amigo sussurrou:

– Você já sabe que tudo pode mudar instantaneamente. Uma manhã, uma hora, segundos, qualquer lugar. Um instante pode mudar a vida, para sempre, portanto, só existem dois segredos: tempo e memória.

– Se você está mesmo certo, vejo três alternativas – rebati. – Sincronicidade, destinos cruzados e acaso. E nenhuma delas resiste às leis das probabilidades.

Assis Beiras, meu amigo, riu e eu continuei provocando.

– Com tantos enigmas pendentes, você não acha no mínimo estranho que até hoje nenhum pesquisador sério tenha se interessado pelo tema?

– Só os místicos. Mas eles também não sabem que tudo é acaso ou necessidade! – E Assis Beiras desembrulhou seu detestável sorriso de convicção.

– Ah! É mesmo? Então, por favor, explique por que os arautos da ciência não saem a campo e investigam a longa tirania das coincidências?

Negativo de Polaroide

Enxerguei de longe, já da entrada do corredor. O envelope estava retorcido bem no vão da porta. Parecia só um pedaço de papel.

Corri e, já à porta, enquanto procurava pela chave, esfregava constantemente os olhos, tentando interromper as oscilações na visão. Às vezes, a luz ficava entrecortada. Conhecia bem aquela sensação: era como entrar e sair de um túnel dentro de um trem em movimento. O sintoma já se apresentava há algum tempo, mas, como todo doente crônico, eu apostava no evento passageiro.

A córnea riscada ou espetada. Nos últimos anos foram cinco vezes.

Na consulta de rotina, perguntei ao meu oftalmologista:

– Isso é normal?

O médico interrompeu o exame de fundo de olho, afastou-se da máquina, inclinou o tronco para o lado e disse:

– Em você, sim!

As manchas estroboscópicas vinham, eram mais frequentes e demoravam mais para desaparecer. Para alguém que sempre teve medo de ficar cego, aquelas sensações tinham impacto extra.

Quando finalmente me recuperei e as luzes pararam de rodar, esfreguei os olhos antes de torcer a chave.

O lugar tinha sido alugado por imagens virtuais de uma tela de computador e não tinha nenhuma semelhança com o que vi. Mas ainda assim era uma sala moderna num lugar ancestral.

Havia três semanas que descera ali e quase tudo que encontrei contrariava minha intuição. Dois quartos, sala com passadeiras longas e nenhum aquecimento central que funcionasse.

No início não me importei, até sentir o inverno pesado do Oriente Médio. Dormi soterrado entre edredons e recorria ao cobertor enrolado no corpo quando procurava a sala.

Durante toda temporada não ouvi um vizinho, um gemido, um choro de criança, um ganido de cão. À exceção dos delinquentes russos que se divertiam nos botões do elevador, praticamente não encontrei moradores. Nos longos corredores, só os rompantes curtos de ventos uivantes abreviavam o silêncio! Todos nós associamos esses silvos com algo tenebroso, mas é só mais um som. Tenebroso.

O apartamento era claro demais. A sala tinha formato oblongo, numa arquitetura desajeitada e involuntariamente geométrica. Como o desejo era estar adaptado, fiz um enorme esforço para me sentir em casa. Fazia o possível para não desinibir a melancolia, sempre à espreita.

Mal entrei, arremessei as coisas sobre o sofá verde sem molejo e me joguei.

"Quase três semanas sem cruzar com ninguém? Já nem sei mais: isso é normal?"

O prédio novo, uma rara construção de dez anos, sob a rígida legislação urbana das cidades de Israel. O gigantesco edifício fora batizado de "Zeus".

"Em Jerusalém? Só pode ser provocação."

Quando se viaja sem família, qualquer lugar tem potencial para virar um túnel. Conforme a rotina dos dias descia, senti o potencial da prensa corrosiva pronta para me despedaçar. Alguns dias por lá e a limalha da nostalgia ia chegando: precisa, cortante, impiedosa. Deu tudo errado e, em pouco tempo, tédio, inércia vieram para ficar. O temperamento bilioso é mais ardiloso, chegou aos poucos.

Lembrar do passado recente no Brasil era uma cronologia dura, nostálgica, sem senso de humor. E sem o humor ficamos imobilizados.

Por quanto tempo eu conseguiria viver assim?

No pó alaranjado de Jerusalém tudo era claro e seco. Em segundos ar, sala e língua desidratados. Naquele fim de manhã, entre matar a sede e me livrar da ansiedade, deixei a garrafa com o suco de romãs frescas na pia e me preparei para abrir o envelope.

Ainda em pé, rompi o lacre, e vi que qualquer um poderia tê-lo violado sem que ninguém desconfiasse. Só então usei a cadeira de palha, coloquei o envelope no colo e passei a examinar o conteúdo.

– Como pode ser? Eu fui bem claro: cuidado! Só pedi isso.

Continuei inspecionando os papéis com o maxilar imóvel. Cogitei palavrões, mas não falá-los. Pode parecer purismo mas nada a ver com pudor. A mordaça intelectual é sofisticada, só obedece a critérios estéticos. Como ficaria um desabafo no texto?

Quando enxaguava a cabeça no banho, encarava como uma disciplina conceitual, um rigor filosófico e cultural que me impedia de gritar. Se não fosse isso, certeza, sairiam xingamentos aos inimigos. Lembrei-me então do que meu amigo disse sobre a linguagem vulgar, bem na antevéspera do embarque:

– Isso é pudor! Pense nisso de outro jeito: em nossos tempos isso pode significar *deficit* literário. Palavrões, registros baixos e a linguagem oral vivem nos romances modernos, na poesia, na crônica. É irreversível Adam, e além disso, já é constitutivo da literatura: James Joyce.

– Detesto palavrões, gosto de Joyce, dane-se o constitutivo!

– Então não reclame, mas tenha dó do leitor. Poupe-os das cenas sem ação. Não dá para fazer roteiro de filme europeu quando todos querem *thrillers* americanos.

Já tinha decidido, não ia continuar a ouvir. Olhei para cima e escolhi a mensagem em ritmo de prece

"Senhor, é melhor parar por aqui!"

Meu amigo também silenciou. Logo pensou num meio de amenizar seus diagnósticos.

– De onde menos se espera surgirão pessoas interessadas em sua forma de narrar.

– Mesmo que seja estranha?

– Melhor se for. – Em sua solidariedade ridícula ele agora tentava me animar.

Guardei um silêncio irritadiço, ele percebeu e desconversou.

– Já contei sobre meu primeiro livro? Só o publiquei quando o editor respondeu uma pergunta arriscada, que, a depender da resposta, teria sepultado minha carreira.

Fiz questão de não responder e ele continuou.

– Perguntei ao editor: "É ridículo?" Então ele colocou a mão sobre os originais, como fazem os vendedores de papel, e disse: "Não. Fraco, não ridículo!"

Continuei na minha, e cruzei os braços.

– No final o editor me deu seu veredito: "Se você tem mesmo literatura na veia, a coisa anda!"

Pensei, mas não disse isso a ele: "Mas, e se não? E se 'a coisa' encalhar e as palavras coagularem para sempre?"

Voltei-me para meu envelope. A ponta dos dedos suava. Esfreguei-os na calça e retirei os papéis de dentro. Um em hebraico e o outro era um bilhete traduzido para o inglês. Ambos estavam num papel reciclado, artesanal, róseo, fibroso. E o relatório descritivo.

Aproximei o bilhete dos óculos e o ergui contra a luz da janela e, de novo, malditas luzes vindas do nada borraram os olhos.

Desta vez, foi muito mais grave que todas as anteriores. Tudo virou câmara escura e uma pontada transfixou a lança no centro da minha visão. Tive dores excruciantes, daquelas que não se imagina até experimentar no próprio corpo.

Imóvel, gemi baixinho e fiz um tapa-olho com a palma das mãos. Quando a dor passou, esfreguei as pálpebras. Foram mais de trinta segundos até recuperar a visão. Nunca havia demorado tanto, mas, como sempre, preferi ignorar tudo.

"Chamam isso de revelação? Não se vê nada."

A irritação escalou meus dentes de cima para baixo e desceu à língua na forma de imprecações e palavras imundas. O problema é: para quem dirigir a raiva? Havia algum sujeito-alvo definido? Observei meu tremor enquanto segurava o papel.

– Mas que droga! O que é isso?

Com o texto, dobrado, uma frase presa ao papel A4. Era a fatura discriminada em hebraico onde só identifiquei os números.

"Setecentos e noventa *schekalim*."

Não pude me controlar, e já nem me importava mais com o preço pago. Passei ao relatório descritivo. Li, reli, tornei a ler. Não era possível que o negativo da foto se resumisse àquilo:

TecLab

82, Rua Jaffa, Jerusalém

Laboratório de vídeo e foto profissional

Material: negativo de máquina polaroide (circa de 40 anos) danificado na margem direita e com perda de papel no canto superior esquerdo.

Papel em más condições, contendo material pegajoso, com aparência de borracha.

Descrição:

nenhuma imagem muito clara pôde ser identificada, exceto o que parecem ser (canto inferior direito) os pés de uma enorme estrutura humana.

Mesmo apagada, a imagem apresenta-se repleta de letras desenhadas em vários tipos de alfabetos. Esse arranjo randômico de letras se espalha por toda a imagem.

Nota: esta imagem foi recuperada de um negativo frágil.
Teclab-Jerusalém
teclab@yeru.reg.il

Isso é uma piada. Pés grandes no Oriente Médio?
Havia mais um bilhete lacônico, este assinado por Iddo:

Sr. Mondale,

Fizemos todo esforço possível e o que enviamos foi o que conseguimos extrair. Sugiro mostrar este negativo e nossa descrição para Michel Haas, diretor do Museu Rockefeller. O endereço está no prospecto que coloquei no envelope. Boa sorte.

Atenciosamente,

Iddo

A Imagem de Bosch

Sentei na beirada do sofá e ajeitei as fotos no colo. Passei a avaliar cada uma delas sob a luz fosca do lustre incandescente da sala. A imagem era estranha. Borrada, com interrupções e riscos. Comecei a invertê-las para avaliar outras angulações possíveis.

Intercalava a leitura do relatório com a observação da imagem.

– Realmente parecem anormais, mas sem feições. – Era um borrão apagado e mal definido.

– Estão deitados. Pode ser uma montagem malfeita. – Eu me aproximava para esmiuçar mais detalhes – só as letras são nítidas.

Sempre tive atração pelo tema do registro de imagens, dos daguerreótipos às imagens fotográficas. Em uma pequena fototeca, amealhei meia dúzia de imagens estereoscópicas, um exemplar do *Camera Work*, presente de um amigo. Meu verdadeiro orgulho era a antiga Leica AF5, com lentes Zeiss-Zicon pela qual paguei uma fortuna em uma época na qual me faltava dinheiro até para o básico. Eu conhecia as técnicas de superexposição fotográfica, mas aquilo era diferente de tudo que eu já havia visto.

Voltei-me ao envoltório, a gosma que cobria as estátuas gigantes no negativo revelado. Lembrava textura de bolha, consistência de borracha branca e filamentos de cor bege.

– Onde já vi isso?

Com alguma dificuldade recuperei a imagem da memória: o tríptico *O Jardim das Delícias Terrenas*, pintado por Hieronymus Bosch e exposto em Madri.

Envoltos na bolha semitransparente, numa película fina, fosca, quase translúcida, o casal sem roupas sentava-se numa espécie de fruto.

Quando estive lá, vi pessoalmente o óleo sobre tela no Museu do Prado. Uma primeira vez ao vivo, é para ficar paralisado. Perdi todo o salão e cometi a heresia de desprezar aquele que é considerado o pai da arte moderna. Desprezei as telas de Goya e fiquei parado ali, na frente do grandioso painel de Bosch. Isso até ser colocado para fora pelos seguranças depois das duas campainhas que anunciavam o término do horário de funcionamento.

Agora era completamente diferente. O que eu tinha nas mãos era outra coisa, mas, pressenti, poderia ser importante.

A imagem revelada era suja, precária e indefinida. Mas foram duas horas hipnotizado, sentado na ponta do sofá. Quando consultei o relógio, já passava das dezesseis e trinta. Só então me dei conta: eu era uma testemunha solitária do extraordinário.

Levantei com um incômodo nos pés e nas costas, apertando a palma da mão direita contra a região lombar para espremer a dor de volta. Sintomas da gota gritando fora do outono? Manquei até alcançar o vinho na geladeira. Um vinho consagrado, num copo ordinário. Menos de um minuto e já estava sedado e de volta à mesa.

Reconheci que nunca tivera fonte tão primária em mãos. Sim, aquele papel. Numa sociedade cheia de cópias, reproduções e múltiplos, quem possuía uma imagem única?

Finalmente senti o que supus fosse a sensação do colecionador às vésperas de contemplar o objeto do desejo adquirido: o fetiche privado, o prêmio do exclusivismo, o gozo de quem acumula! O poder glorioso da húbris encobriu minha cabeça e cantarolei o que lembrava da Ode à Alegria. A solidão sempre minimiza o ridículo. Enquanto fantasiava o que a posse de um segredo desses me renderia, puxei o negativo do envelope. Foi quando vi digitais engorduradas por toda parte.

Tentei limpar o sebo daqueles dedos imundos. Será que eles já ouviram falar de luvas?

Confesso que enxerguei longe. Sei que a história só costuma aceitar o evento espetacular. O pequeno, o comum, o banal, o cotidiano mediano dos milhões passa despercebido. No entanto, se aquilo tivesse o mínimo de consistência, eu teria resgatado uma imagem que passaria a fazer parte da história. Um único negativo poderia me fazer superar o limbo da mediocridade. Quem não quer fazer *upgrade*? De "pesquisador de comportamento animal" passaria ao reconhecimento mundial instantâneo. Ninguém se lembraria das minhas incursões no domínio das experiências cognitivas dos animais, nem do ponto de vista de um besouro sobre o mundo. O salto da desvalorizada pesquisa acadêmica para a fama não precisava obedecer as leis da natureza. Quando se trata de sucesso, Darwin estava errado. Eu não perseguia a glória, mas não seria nada mal se viesse por mérito. Sem dúvida seria a melhor cura para meu anonimato.

A ocasião merecia. Para comemorar a glória mundial inesperada sorvi mais uma taça de vinho.

Sob os auspícios do futuro, apreciei o barulho do vinho descendo do gargalo até o copo. Coloquei um pedaço de queijo duro na boca e passei a roê-lo nos dentes da frente:

Tudo isso é pretensão, pura pretensão! Tentei me controlar mas a comemoração varou a madrugada.

Deus ou Nada

– Adam, reconsidere. Não é uma boa ideia! Nenhum espírito se revela subitamente, muito menos numa temporada tão curta.

Foi o que ouvi de um ex-terapeuta, uma espécie de mentor, quando confessei os planos da viagem.

– Quer ir vá, mas fique por lá, passe uns dois anos!

Isso me lembrou que já faz dois anos, meu Deus, já faz dois anos.

Dois anos aposentado. Com o holerite daquele cala-boca chamado de "rendimentos previdenciários" diante da mesa restava saber com quais forças retomaria um caminho abandonado desde os vinte e um. No meu livro de poesias de estreia – estreia e despedida – os críticos mostraram dissonâncias:

"Novíssima poesia", "Só alguém fora do sistema produtivo escreveria isso", "Mesmo as experiências com a linguagem precisam de limites, ou de resistência à crítica".

Quando apareci com a novidade de uma viagem subsidiada, Emma não se opôs. Ela ainda se pintava com um rímel preto que a deixava deslumbrante e, quando se virou, detectei a tristeza descrente por trás da maquiagem. No discurso, ela me incentivou, sem esconder que seria difícil para ela, e só no fim fez a ressalva:

– Vá. Só esqueça essa história de recuperar o tempo perdido, tire isso da cabeça! Só existe um tempo válido, o agora!

Quando cheguei explicando em detalhes o que o terapeuta indicou, Emma desconfiou:

– O que ele disse?

– Mergulhe em sua tradição!

– Você perguntou o que ele quis dizer com isso?

– Não!

Mas o que me importava a tradição judaica, a religião, o partido, a nação? Em quase vinte e cinco anos de casados nunca tocamos seriamente no assunto. Uma neutralidade incômoda, mas necessária.

– Nossos filhos vão crescer sem esse peso!

Casados há duas décadas, nunca tivemos filhos. Emma era uma arquiteta independente e, mesmo sem fama, bem-sucedida. Fui seu primeiro homem e companheiro. Antes dela tive muitas mulheres, todas passageiras e nenhuma como ela. Nunca cogitamos recuperar a tradição familiar. Pelo contrário, quanto mais submersa, melhor.

Os pais dela, a família Fingues, perderam tudo para os nacionalistas egípcios e nunca mais souberam da família, pulverizada e dispersa quando ainda residiam em Alexandria. Ela ficou órfã da mãe aos cinco e seu pai jamais se casou de novo.

Nossas histórias de perseguição eram diferentes. Meus pais foram escravos da indústria automobilística alemã. Sobreviveram à *Schoá* em dois campos de concentração nazistas consecutivos. Ele tinha uma forma bem-humorada para lidar com sua vida trágica. Quando eu tinha uns onze anos e a famosa fábrica germânica anunciou que se instalaria no Brasil, meu pai chegou da loja, abriu uma cerveja e desceu ao sofá se apresentando como "sócio honorário da Volkswagen".

Da minha mãe, poucas recordações: "Do nada ela foi chamada", como diria Nakhmânides, vindo a morrer dois anos depois de chegarmos ao exílio inglês. Só vi em retrospecto que o pleonasmo era parte integrante da vida: no caso do meu pai, era o exílio do exílio do exílio.

Com esse *background* justificacionista nos sentíamos automaticamente dispensados de qualquer obrigação: religiosa ou não, secular e não secular. A verdade é que sempre tentamos nos manter desfilhados de qualquer origem e, parentescos à parte, ficávamos bem só nós dois. Sobrava a militância na esquerda. Depois dos quarenta, nem isso.

Meu súbito interesse por uma temporada em Israel disparou em Emma o alarme para uma questão, até ali, superada, trabalhada (conforme o jargão dos psicanalistas) e tida como inexistente

Foram os sintomas precedentes em sua própria família que preocuparam Emma. Tinha certeza que ela faria comparações instantâneas. Não disse nada, dava para deduzir o que ela pensava quando desviou o olhar para mim com a mão apoiando o queixo. Ouvi suas palavras desfilarem através de sua boca fechada:

"Conheço esse olhar salvacionista, o derrotado que procura o consolo no espírito".

Sempre os precedentes.

Minha decisão de viajar naquele contexto a preocupou mais do que os dois meses que passei sem sair da cama. Ali, eu reconheço que estava intratável, praguejante, abusando do álcool para tentar engatar o sono. Quando penso nos caprichos que ela suportou! "Ela deve me amar muito para segurar tudo isso", eu pensava. Cheguei ao cúmulo de exigir lençóis apertados – precisava me sentir comprimido, como se estivesse num saco de dormir. Não falava com ninguém. Recusava até o telefone, mesmo para ouvir apelos de amigos íntimos.

Quando anunciei que iria parar de fazer tudo para escrever, só Assis Beiras entendeu. Mas fez sua lista de ressalvas.

– Adam, a autopiedade é uma armadilha astuta.

Realmente não entendi e Assis Beiras complementou:

– A autopiedade faz o sujeito se levar a sério, faz qualquer mortal acreditar que, passada a crise, será aclamado como mártir, herói ou um desses santos itinerantes.

– Ridículo!

Como se não bastassem as cobranças, eu teria que me confrontar com minha nova condição solitária e me livrar da compulsão pelo trabalho. Sem tino inato para negócios, e nenhum fôlego remanescente para sustentar lideranças, eu tinha aversão aos *experts*, mas, ao mesmo tempo, os invejava, e pelos mesmos motivos que os desprezava: a carreira, a estabilidade financeira, a vida programadinha.

No coro de autoacusações sempre imaginava alunos, ex-alunos e família, todos juntos diante de algum maestro sorridente que regia o jogral:

– Adam, seu vagabundo!

Será que ninguém perdoa o abandono da rotina objetiva?

Eu tentava me acalmar para domesticar a paranoia:

– Escrever? Ninguém se sustenta com isso! Assuma! Você escreve por prazer! – Ouvi tanto esse tipo de argumento que passei a tentar me convencer.

"O prazer está em ser lido", eu dizia para mim mesmo, esperando reação de alguém de lá de dentro. Mas só ouvia mais perguntas:

"E o que farei lá em Israel? Encapsulado e com cinto afivelado já é uma etapa tardia para questionamentos!"

Lembrei-me do conselho de última hora dado como alternativa a ter que mergulhar nos psicofármacos.

– Então vá lá! Vai lá ver o que é ser judeu na sua terra!

Como eu remoía aquela frase. Por que aceitei aquela linguagem? Por que não reagi? Falta de presença de espírito?

Fui me resignando, me convenci que é assim mesmo. Quem perde o *timing* da fala depois afunda em autorrecriminações.

Comecei a imaginar se a verdadeira mensagem do aconselhamento dele não seria:

"Vai ser judeu lá. Longe. Na sua terra!"

Eu tentava autoconsolo, meditação, na pacificação interior, mas qualquer linha de defesa era inócua. Sempre é, quando se tem muitas convicções.

Na brincadeira, os amigos me apelidaram de "consultor da subjetividade". Às vezes, eu sugeria aos alunos "agendas não objetivas". Nas arguições, eu discursava sobre os limites do trabalho. O contraste não poderia ser mais claro. Agora eu mal me aguentava por vagar sem compromissos. Sem ninguém para cuidar a não ser de mim mesmo.

"O problema sou eu! E já houve algum outro?"

Eu vivia das bolsas de estudo que fui cavando. O padrão de burguesia de classe média alta veio graças à casa alugada do pai de Emma. Numa rua estratégica entre os bairros do Pacaembu e de Perdizes, o imóvel, comercial, provia uma boa soma, algo como quinze mil mensais, descontados os impostos.

Escrevi, imprimi e colei na tela do computador:

"Por que será que achamos que as pequenas trapaças são culpas exclusivamente nossas?".

Já tinha decidido: poderia ir para Israel, mas depois dos cinquenta ninguém merece se arriscar.

Vinte anos atrás imaginava que tinha consciência do que eu era. Um judeu étnico, no máximo cultural. Nunca contabilizei as boas ações. Mal sabia o que seria viver pelo calendário do gueto. Eu me desdobrava para tentar me convencer: inútil. Acatar dogmas, impossível. Não me convencia dos rituais, nem ficava apegado à agenda de padrão obsessivo. Aí vinham as ressalvas: eu até que faria isso. Mas, e se só houvesse um amor metafísico? Essa paixão teria que estar direcionada a um único interlocutor, direto:

"Deus ou nada."

Penúltimo Voo Noturno

Com a companhia aérea prestes a encerrar suas atividades, acabei embarcando no penúltimo voo noturno de São Paulo para Jerusalém.

Entrei no avião me justificando:

"Quem hesitaria? Trata-se de uma bolsa literária."

Na altitude de oito mil pés o ar é rarefeito, mas as ilusões espremidas lá no alto saem da nossa caixa fosca para encontrar desejos desencontrados. E é também de lá de cima que se enxerga tudo melhor. O balanço é inevitável. O que sobrou no Brasil? Projetos de pesquisa inacabados, o blog no site de grande jornal e a colaboração mensal para um jornal de poesia.

Naquela altura, e o avião ainda ganhava altitude, e de dentro olhando-o subir, perde-se a noção da complexidade do voo.

As manobras do piloto contêm experiências que escapam dos simuladores. Uma parte da habilidade responde à técnica, mas há também o instinto. Nunca me senti confortável com a ideia de que temos que contar com sentidos abstratos para manipular estruturas tão concretas quanto a realidade.

Por isso, me consolava, precisamos rezar. Para que o piloto, o médico, o advogado e todos os demais, em cujas mãos colocamos nossa vida, "tenham instinto".

"Vou pelo *feeling*" – como me disse um piloto experiente."

– Com máquinas assim – apontava para o painel de um Boeing 737 –, nenhum acidente é leve.

Deve ser por isso, pensei, que fica fácil diagnosticar claustrofóbicos em filas de *check-in*.

Do meu assento, olhei para o tubo metálico com suas sutis inclinações. Só um cilindro oco, um latão, amassado e com fuselagem parafusada. O ideal é nunca examinar escrupulosamente as asas de um Boeing. Por isso, o paradoxo. Com os anos, voar fica cada vez mais difícil. Se ainda fossem os balões! A literatura incrementa as metáforas: havia acabado de ler as histórias dos voos de balão de Félix Tournachon e as primeiras fotos panorâmicas. E desde então, quando um mais pesado do que o ar venceu a gravidade, a soberba nos subiu à cabeça.

Em seguida, o avião balançou com vigor e entrou no ar aquela voz anasalada que está em todos os lugares:

– Senhoras e senhores, entramos numa área de turbulência…

Foi quando reparei em meu vizinho. Um rapaz gigantesco espremido numa cara de bebê. Ele fez um beiço pontiagudo mas flácido, e acentuando a hipotonia de lábio inferior, retirou um colar de contas do bolso.

Aquele sujeito enorme, encolhido, esfregando bolinhas entre os dedos. Sinceramente. Mas já tinha me prometido solenemente:

"Não olharás um ser humano como a um inseto."

Ali foi inevitável descumprir meu mandamento.

Me inclinei em direção a ele:

– É para rezar?

O garoto parecia não poder se dispersar. Era uma sequência, um mantra sem vogais.

– O que é para rezar?

Ele intensificou a pressão que fazia sobre o colar.

Persisti.

– O colar aí na sua mão. É para rezar? – Desta vez apontei para o artefato que ele agora tentava esconder.

O rapaz, cujo tronco tinha continuidade natural com a cabeça, parecia nauseado e, inclinado, falava sem desgrudar o couro cabeludo do assento da frente. Falou mecanicamente, fazendo apenas a rotação do pescoço para indicar

– Não.

Ele fazia e desfazia o beiço, retraindo tanto o diafragma que me encolhi no meu assento, temendo eventuais respingos.

O voo tomava seu curso – a telinha mostrava tudo com a didática eletrônica impessoal – e, enquanto não serviam nada potável, voltei ao meu desfiladeiro particular.

Muito antes do incidente com o mistério do voo MH370 da Malaysia, e da epidemia de aviões abduzidos pelo acaso, um advogado bem informado me contou que sabia de casos em que aviões fugiram mais de duas mil milhas da rota, e o mapa digitalizado na tela da poltrona da frente não acusava nenhuma anormalidade. Todos acreditam na progressão normal da rota. Faz parte do negócio. E da vida. O passageiro fica tranquilo, as famílias se divertem com os filminhos, e o extravio cumpre seu destino em paz.

– Está tudo bem, comissário?

– Perfeito senhor, nenhum problema. – Enquanto progredia sorrindo e se equilibrando entre as cabeceiras dos assentos.

"Então que seja. Tudo faz parte do teatro a céu aberto. A farsa toda é a favor do conforto."

Mais uma vez pequenas cobranças desceram até mim. Retirei o caderno de anotações e recomecei:

"Escrever, é preciso escrever. Ganhou a bolsa? Escreva! Tirou férias da família? Escreva! Foi desterrado do Instituto? Escreva! Não está trabalhando? Escrever não corrige isso. No seu país escrever não é considerado ofício"

Outras cobranças se alternavam. As que mais se repetiam enquanto eu ainda me preparava para viajar:

– Não se esqueça, é uma bolsa literária!

– Adam, seja lá o que for escrever, lembre-se: tem que ser arrebatador!

Naquela altura, o Atlântico estava quase vencido. Segundo a telinha, estávamos sobrevoando algum lugar bem perto da costa africana. Talvez fosse bom descer e depois, com calma, explicar para a fundação que subsidiava a viagem:

– Senhores, eis todo o dinheiro! Foi um grande mal-entendido.

Poderia escolher outro território para descer, quem sabe perto da África.

– O estreito de Gibraltar!

O rochedo onde Lennon e Ono se casaram. Achava simpática a ideia de país-rocha, o lugar que recebia o Mediterrâneo e o Atlântico. Sempre quis viver entre dois mares.

Mais uma vez ouvi o sussurro de Assis Beiras.

– Tarde demais. Só há uma saída: enfrente seu destino, Adam! Sem pressão você acordará cada vez mais tarde, trocará o dia pela noite e no final não produzirá nada.

Provável. Eu viraria as noites e inerte lamberia meia dúzia de palavras à frente do *notebook*.

Tudo ganhava vida nas conversas com o único interlocutor que me sobrou.

– Escreva, esqueça os críticos.

– Para você é fácil: carreira consolidada, vida ganha, consagração e posteridade garantida!

– Acredite, você tem potencial, Mondale.

– Potencial, Assis? Todo mundo sabe que isso vale até os trinta.

– O problema é inspiração? Banho, Adam, tente banhos quentes. Se for ficção, o vapor ajuda horrores.

– Claro! Será mais um daqueles textos que ninguém entende. Obra-prima sem consciência de obra-prima. Sabe o que vou fazer?

Assis Beiras deu de ombros.

– Sair da prosa, mergulho na poesia e aproveito de sua tirania no hermetismo dos versos. Ali faço o que bem entendo.

– Senhor – Assis ajeita as mãos em posição de súplica – Ninguém mais lê poesia! As grandes causas sumiram e com a poesia cooptada não tem mais nada a dizer ao mundo. "Tem toda razão! Melhor não escrever mais." Eu sabia o truque de Assis. Ele faturara os principais prêmios de literatura na categoria ficção e contos. Aprendeu como oferecer deleite aos leitores. Era achá-lo, e colocar o instinto a serviço da razão.

– Seu filho da mãe! Já sei o que você fez para impressionar os jurados dos concursos.

– Adam, por que você reclama tanto? Quer contar tudo? Ninguém ouvirá nada.

– Obras-primas nascem feitas. Você sabe minha teoria, todas vivem naquela espécie de limbo temporário até alguém quebrar a casca e, plim, libertá-las. Elas ficam meio tímidas para deixar a cabeça dos escritores. Cozinhe lentamente, misture devagar, use o fluxo de consciência, mas saiba que só há um jeito: encontre o arrebatador.

Naquela noite, a dezoito mil pés de altura, escrevi um e-mail de resposta para Assis Beiras e o arquivei nos rascunhos:

Querido Assis,

Você insiste no potencial estético da literatura. Segui a sugestão e pesquisei "arrebatar". Veja isso: acepção etimológica latina arrapitare, que se forma a partir da junção do advérbio arraptare e raptare, roubar. Esse significado vai serpenteando até chegar ao conceito de apropriação, de tomada à força: fisgar, agafanhar. No caminho analógico, caímos na chave do furto, subtrair, desencaminhar, deitar a mão e tirar o alheio.

Então Assis, aquilo que você pede, arrebatamento, talvez seja isso: assaltar o leitor. No sentido mesmo de tomada, de invasão. É como se o sequestrador benévolo levasse e forçasse

*a amada arrastada para a zona de embarque. Mas será que
há o que justifique forçar qualquer coisa? Nesse sentido, talvez seja mais necessário distrair o leitor – como Ulisses, que,
para resistir ao canto da sereia, precisou amarrar-se. Note,
restrição não significou renúncia. Ele força o desafio. Ouvir,
resistir. Não é, nunca foi, preciso, renunciar à experiência para
encontrar nada. É preciso se manter fiel ao método. Segui o
lema: ensurdeceremos, emudeceremos e nos cegaremos para
todo o resto. O método precisa ser perturbador. Concordo que
a clareza precede o estilo, mas não conheço esse "estado especial" a que sempre você se refere. Não se escreve sob êxtase.
Estou cheio dessa ideia de triturar o texto para suavizar a
leitura. Quero mais é endurecê-la com meu metabolismo.
Só há uma saída, usar todo formalismo possível sem pres-
tar "desserviço" à prosa poética. Usar o rigor mental sem
desorganizar o que restou de melódico na poesia e na arte.*

*Não era isso que você repetia, "temos que dizer o que nin-
guém pode dizer no nosso lugar", e era só por isso que escrevia?*

*E uma voz aqui me diz que tem que ser sem desespero!
Talvez nisso nunca concordemos.*

Um abraço,
Adam.
P.S. Você não imagina como este avião chacoalha.

Naquela mesma noite entendi tudo! Depois, quase imediatamente me esqueci, como convém aos entendimentos instantâneos. Continuei o rascunho, nem de longe com a mesma
convicção de antes.

*Se há alguma função para o escritor, só pode ser fazer
com que o leitor se afaste do método e seja tomado pela
imaginação. Tomado. Só assim, com a função da razão pura
suspensa, a história funcionaria como uma vida à parte. Só*

assim poderíamos circular entre os dois mundos, do autor ao leitor. Assim é que se cria alguém com personalidade própria. Um livro não é uma coisa. Se é, eu apostaria numa máquina de diálogos. Se conseguir será uma obra de arte. Um múltiplo diferente de tudo. E cada um desses objetos não é igual ao outro. Criar personagens diferentes de você mesmo é o princípio de tudo.

E a conversa com o espírito prosseguiu durante todo o voo, ainda que Assis Beiras jamais tenha embarcado. Essa é uma senhora vantagem do *cyberspace*: sempre há o que se pescar no ar.

Chegada Triunfal

Consultei as anotações: "Aeroporto de Tel Aviv, terminal 4, à esquerda da livraria Steinmaz".

Segui as instruções que recebi e caminhei segundo o itinerário, encontrei o motorista e o segui até subir no carro.

Fui avisado, e mais de uma vez: o fosso idiomático seria um problema. Não falar hebraico ou quase não falar é a mesma coisa. A mímica me salvou.

Sorte ou infortúnio, me sentei ao lado de um casal de missionários. Qual a missão? Não perguntaria. Eu tinha contratado um *transfer* ainda no Brasil e lhes ofereci uma carona. E todos se ajudaram para se fazer entender com o motorista.

O motorista tinha um sorriso colado à superfície do rosto. Cheguei a conceber a biografia completa do sujeito. Um desses homens bons, mas sem paciência com a família. Observei como se ajeitava no banco para depois imaginá-lo ameaçado pelos filhos, chantageado pela esposa, humilhado pelo patrão, exército e instituições.

Deduzi que o homem só se acalmou quando entrou para o ramo dos transportes e explico logo. O caminho entre Tel Aviv e Jerusalém estava tomado pelo *fog* espesso, cortado pela perua a mais de 180 quilômetros por hora. O sujeito voava. Durante a travessia, ninguém dormiu ou falou. Todos aterrorizados até avistarmos a placa com o nome da cidade:

"Jerusalém"

Uma hora e dezoito minutos depois da partida, a van encostou no meio-fio. Meio da madrugada. Olhei no celular, três horas e dezesseis minutos. O motorista descarregou as malas com um sorriso emborrachado, e com a mão estendida pela metade recebeu os trezentos *schekalim*. Tudo parecia barato comparado ao caríssimo Brasil. Sob a chuva, ele abriu o porta-malas, jogou a bagagem no chão e estendeu seu indicador.

– *Pó!*

Continuei sem entender.

– *Pó!* – Vendo minha persistência ele se esforçou para ensaiar uma tradução. Só assim ele experimentaria a benevolência de uma boa ação descer ao seu corpo.

– *Here!* *Pó.* – Muito didático, o motorista bateu o pé no chão.

Não me senti humilhado, e já havia feito várias especulações diante daquele dedo levantado dizendo "pó". Sem fanatismos lacanianos cogitei o pó do homem de barro. O pó calcinado em que nos tornamos. O pó, que no negativo infinito, formou a Terra e os mundos desconhecidos. Mas era só "pó", em hebraico, "aqui".

O motorista e sua mímica indicavam o caminho: a viela escura.

Finalmente entendi o que significava "pó".

Um pó banal marcaria o lugar. Aquela palavra em hebraico, enganadoramente curta, poderia ser o alívio para minha jornada de trinta horas.

Não era.

Pressentimentos

Desci do carro cheio de pressentimentos. Um cheiro me acompanhava na descida. Estava impregnado, mas não sabia se vinha do motorista, da rua, de um incenso ou de uma especiaria esmagada no chão. Saí do carro me arrastando instável e cheio de malas, mochila e sacolas. Sozinho, parei para olhar a viatura branca se distanciando na madrugada. O trajeto já indicava temperaturas de inverno, mas tudo só se confirmou quando parei para respirar fundo.

Aquela noite gélida, escura, tinha textura. Do céu roxo gotejava aquilo que os ingleses chamam de *freezing rain*, gotas intermitentes que transitam entre chuva, neve e garoa. Temi pela região deserta, pelo *rigor mortis* da quadra, pelo esconderijo do apartamento.

"Qual prédio?"

Minha residência parecia abandonada. Só uma janela acesa no terceiro piso num prédio de quatro andares.

"Ops. Mas aluguei um apartamento no oitavo andar!"

Em todo caso, ignorei o desconforto e caminhei em direção ao *here* arrastando a mala. Chamou minha atenção o letreiro de jade do muro que parecia uma lápide do século XIX:

Montefiore Testemunhals

Tomei coragem e entrei na viela, desequilibrado pelo piso de pedras irregulares. Fixei-me então nas calçadas com aqueles blocos enormes: as mãos do arquiteto Herodes estavam por toda parte. A escuridão esfumaçada da neblina retinha o toque *noir*. Uma sensação às costas indicava que eu estava sendo seguido de perto. De vez em quando eu olhava para trás, mas não surpreendia ninguém.

De novo ri dos acessos paranoides que iam e vinham. Estava dominado pelas fobias do instante. A imaginação criava e desfazia fantasmas caprichosos e cheios de idiossincrasias. Já molhado pela água da chuva, escolhi me abrigar no estoicismo e fingir que nada daquilo acontecia. Até a negação requer disciplina. Ajeitei-me num banco do ponto de ônibus para me convencer de que tudo aquilo era perfeitamente natural.

Quase dormindo, trechos da biografia de Sartre que eu acabara de ler no Brasil me vieram à mente: qual seria a sensação em declinar de um prêmio Nobel? Em seguida, me coloquei na cerimônia no pavilhão de honra de Estocolmo para receber o prêmio vestido com remendos para provocar a elite sueca.

Acordei aliviado por saber que aquelas imagens jamais se tornariam públicas. Salvei a imagem ridícula no arquivo morto da memória, contando com o sigilo que o escritor pensa compartilhar com os leitores. Era isso afinal: quando escreve, um escritor se obriga a se separar da privacidade. Por mais que se argumente que é perigoso confundir vida com literatura, ali, naquele momento, era impossível evitar. Logo as imagens todas sumiram e eu ainda ria das bobagens que dissimulava.

– Um Nobel... – se ao menos fosse conhecido no bairro

Gargalhei alto, tomado pela histeria branda – a possível em nossos dias – fazendo de mim mesmo um palhaço tolerante. A imaginação agora me esfolava, indo aos confins da autorridicularização. Finalmente, cutucado pelas correntes de vento frio, voltei à realidade. Vigorosas, elas balançavam até as portas de ferro da floricultura do térreo. Tomei fôlego e me aproximei do prédio. Palmas na entrada do portão e depois na parte detrás do edifício, à espera de que o som chamasse algum morador. Um passante. Um curioso. Qualquer policial.

Passei a andar e já estava bem adiante, uns trinta metros do marco zero. A chuva de vento batia de lado. Molhado, eu me encharcava sob dois graus negativos, como soube depois. Às vezes, vultos curiosos, duas cabeças, se espremiam coladas nas cortinas das casas. Foi só aí que me ocorreu: E se fosse um golpe? Ocorre um a cada dezessete segundos no Brasil.

Com dois meses de antecedência aluguei o apartamento pela internet, mas jamais recebi confirmação formal do negócio. Nenhum dos meus planos de viagem incluía abandono na sarjeta. A fantasia ficava mais pertinente. Enxerguei bem na minha frente Edgard Allan Poe, jogado nas ruas de Baltimore, antes que a hemorragia final viesse com seu "nunca mais".

Achei que ali contraí a "síndrome da redenção instantânea", mas não era mais um problema pessoal, nem vírus da cidade santa: estava na raiz da pandemia de imediatismo.

O que me restava a não ser o amanhecer? Adormeci no banco de madeira e claro que Assis Beiras apareceu para bisbilhotar. Mas, desta vez, o abelhudo veio, sussurrou e caiu fora:

– Adam? A iluminação não entra pela porta. Nem suavemente nem naturalmente.

Havia poucas horas que desembarcara vindo do Brasil. Além das malas, chocolates suíços, uma garrafa de água mineral e futilidades compradas no aeroporto durante a escala em Roma. Numa situação assim, nenhum consumo é infame.

Céu de Ieruschalaim

Precisava admitir. Eu estava perdido. Não havia nenhum apartamento alugado, não havia chaves e o celular contratado não foi entregue. Antes de jogar pedrinhas na única janela acesa da viela, novas fantasias apareceram sob o céu fino e sob as nuvens que subiam no meio da rua. Nuvens que nunca havia visto. Nuvens-totens, ventos-*tandens* que, como massas retorcidas, passeavam rapidamente pelo céu lilás.

Inspirei para agradecer.

"Agradecer pelo quê?"

No chão, olhando para o céu (tinha voado na janela), percebi não dois ou três, mas vários planos celestes distintos carregando névoas e vaporizações que se afastavam em direções opostas. Nunca havia imaginado planisférios visíveis, à noite, em ventos sem sincronia. Reparei nas camadas de nuvens sendo separadas em direções diferentes, eram três.

"Ventos em camadas."

A perplexidade me encobriu bem no meio-fio. Só então soube: várias cidades simultâneas conviviam ali. São duas cidades.

Uma, é a Jerusalém ordinária, a outra traz o efeito bíblico de *Ieruschalaim*: uma nostálgica saudade de um Paraíso ignorado.

Lembrei-me do oráculo de Assis Beiras:

– As cidades escondem um fecho temperamental. Elas só se abrem para os desencontrados!

Fiquei olhando para ele e já que não conseguia reagir usei a expressão "e daí?". Ele entendeu e respondeu

– Reze para se perder.

Foi quando acordei.

Eu continuava na viela Montefiore, congelado, inerte e invisível. Comecei a vagar em círculos, retornava ao asfalto da avenida e entrava de novo na vila. A circulação paralítica. Alguns gatos me seguiram por mais alguns metros e pararam na viela quando eu ia ao meio do asfalto. Conhecia a fundo o comportamento dos felinos e sabia que não seguiriam alguém que não pudesse guiá-los, e como todos eles têm excelente memória, aceitei a escolha.

– O líder dos gatos de Jerusalém? Então, se vocês querem! – Levantei a mão e assumi o reinado. Pretos, pardos e malhados, todos medrosos, todos fiéis.

Jerusalém, também conhecida como cidade dos gatos, desde que, aos milhares, o império britânico os fez desembarcar para controlar os ratos. Mesmo assim, aquela procissão não durou muito. Logo se dispersaram enquanto eu continuava a arrastar minhas malas e tralhas naquela particularíssima madrugada.

Tambor do Mundo

De Jerusalém diz-se que sobem as rezas e os gemidos dos filhos dos homens. De todas as crenças e descrenças. Diz-se que lá, no monte do Templo de Salomão, está a pedra fundamental, a matéria primeva, o negativo matricial todo gerador. Ali teria o Criador modelado o homem a partir da argila quente.

Mas aquela rampa estaria pronta para um coração irresoluto como o meu? A cidade poderia me rejeitar, mesmo assim gritaria de lá, do alto do monte Moriá:

– Ofereço-me. Eu sou o sacrifício!

Mas eu tinha um problema muito mais urgente para resolver!

Como me viraria no meio do nada? Jerusalém à noite pode ser um fantasma sem dono. Estava só com paletó cinza de verão e uma camisa de manga curta azul. Molhado, precisava me proteger do frio. Tremi, com os ossos à beira da dor. Sentindo sede, fome e dor de garganta, sentei no banco molhado e abri o cadeado da mala. Um chocolate amargo inteiro sem mastigação modificou o drama.

Depois que os homens domesticaram e afastaram os animais predadores para longe das urbes, a única coisa realmente amedrontadora eram outros seres humanos. Pois um vulto, escuro, agora se balançava em meio dos trilhos da rua. Aproximava-se rapidamente, e contra a luz, só uma vaga sombra. Lembro dos títulos involuntariamente irônicos das séries do canal pago:

"1001 Maneiras de Ser Chacinado".

Não era uma crise onírica. Eu estava realmente sendo perseguido e ouvi as passadas! Acelerei a marcha. A figura compacta era mais rápida e mais protegida do frio. Pensei ter visto um turbante, depois a imagem mudou para um soldado atarracado dentro de um casaco gordo.

Finalmente o terrorista!

Aí viria o abraço e, sob o capote, um cinto explosivo acionado, seria o fim. Minha cabeça ficaria estacionada em algum telhado. Girei para cruzar a rua, vi que não escaparia. Parei, inflei meu corpo para mimetizar um tamanho maior. Enchi o pescoço, estiquei-me todo, levantei os ombros, recolhi a flacidez ao mínimo.

"Batráquio estufa-se e engana predadores."

Era ridículo, mas, sob o desespero, só o ridículo tem alguma chance. Tentei me convencer de que não estava com medo, mas preferia não ter que me esquivar de estiletes e submetralhadoras. Para meu alívio, o tipo parecia ser menor, quase metade do meu volume muscular.

Na linguagem dos pugilistas: "dava para encarar."

Enquanto o assassino se aproximava, me posicionei a dois metros do meio-fio, e, enfiei as mãos no bolso para blefar com uma arma. O sujeito ficou a um metro de distância. Na verdade, tínhamos a mesma estatura. Ele pálido, trêmulo, gaguejando e fazendo acenos. Ouvi duas ou três perguntas em hebraico com sotaque. As palavras eram salteadas e nada de captar o sentido da frase toda.

Abri as mãos, mostrando ignorância e mantendo a bagagem rente ao corpo *just in case*. Foi então que o sujeito emitiu as primeiras palavras num inglês de sílabas arrastadas, saídas do vapor texano. Eu o avaliei mais de uma vez para colocar em dúvida os diagnósticos instantâneos que fui fazendo. Não sei por que, mas fiquei comovido e ele tornou a se embalar em pêndulo, um autista com um pedido negado. Pedi calma, e ele usou os próprios braços para se imobilizar e começou a girar o tronco. Depois soltou-se e ficou com a cabeça para baixo, pendurada. E, quando achei que se acalmava, ele voltou à sua ginástica psicótica misturando os dois movimentos.

Teria ele se convertido recentemente a uma dessas seitas ultraortodoxas? Pensei na hipótese de que ele poderia ter abandonado algum curso. Relações internacionais? Em Stanford? Muitos fazem isso. Acham virtudes heroicas na migração do conforto para uma zona de guerra. Uma via rápida para ajustar as contas com a América e mostrar o desprezo pelo lixo do mundo ocidental.

De fato, aquele era o lugar perfeito. Para ele não havia escolha a não ser andar como *rambler* num cenário que era o tambor do mundo.

Afrontar a lógica, típica prática judaica, ainda não se transformou em modalidade olímpica.

Pode parecer estranho, mas ali intui o socialismo psicológico involuntário que reina entre judeus. Não importa a diferença social, disparidades culturais ou a tribo envolvida, a conta acaba sempre sendo transferida para quem pode suportar mais pressão. O privilégio do mais fraco era um duplo escândalo por ser um jogo antidarwiniano. Mas o momento não era para discutir evolução, e sim recuperar algum calor vital.

Encolhido pelo frio pensei: "De agora em diante só calor, muito calor."

Milo

Durante toda viagem a memória se voltava ao meu falecido sogro. Ele nunca soube, eu o adotei como pai depois que perdi o meu.

Milo Fingues, o egípcio de Alexandria, o judeu que fugiu das perseguições de Gamal Nasser nos anos 1950. Ele e a esposa grávida escaparam de madrugada. Já quase não tinham mais vínculos com a religião, nem com tradição alguma. No Brasil, chegou só com uma mala. Refez-se do nada com negócios de tecidos de seda, e aos sessenta e oito adoeceu gravemente. Recuperou-se de forma surpreendente.

Os sinais do dia inesquecível apareciam sempre: havia acabado de casar com Emma. No mesmo ano, durante um jantar informal com a família reunida, Milo bateu o garfo no copo com espumante para anunciar que, de agora em diante, era um arrependido. Um arrependido que se arrependera. Foi o começo de uma transformação perturbadora. O homem queria recuperar sua tradição.

Sorte ou acaso, havia lido recentemente, que, no século XIX, o psiquiatra Hack Tuke classificou esse gênero de despertar religioso sob a rubrica "melancolia religiosa".

"E no XXI, doutor? Chamaríamos isso de quê?"

A mudança de Milo foi assustadora e, de certo modo, inconcebível. E não só para mim. Lembrei-me de pensar: "Um cara inteligente como ele". Não consegui evitar, enumerei de cabeça todas as patologias religiosas que estavam descritas nas categorias psiquiátricas para encaixá-lo em uma delas.

Nunca me preocupei muito com as tipologias defendidas pelos psiquiatras, mas isso se tornou mais relativo quando testemunhei o fervor indolente de Milo. Durou pouco, a tentação pela catalogação dos sintomas mentais dobrou minha resistência aos psicofármacos.

Ele mudou tanto que fique tentado a transformar o caso em objeto de estudo com o título provisório: "O tabu da experiência religiosa". Nunca passei de uma introdução.

Estava sendo governado por um vício, talvez a palavra ressentimento se aproxime mais dos termos psíquicos reais. Se não era um preconceito antirreligioso, no mínimo eu era alguém que precisava se controlar muito para não ridicularizar as transformações de Milo. Um *bon-vivant* como ele, agora era um ritualista seguidor de regras, um prescritor de virtudes? O problema é que ele parecia sincero e as mudanças genuínas demais para simplesmente desprezá-las.

Anos depois de sua "autoconversão", Milo quis visitar o bairro hassídico de Crown Heights, no Brooklyn, comigo e com Emma. Nos convenceu a acompanhá-lo e fez questão de arcar com todas as despesas. Uma de suas exigências era ficar no bairro e estar próximo daquele que tinha a reputação de ser um dos justos da época. A minha condição explicitada para Emma era oposta: ficar bem longe dali. Milo sempre se orgulhara por ter sido cumprimentado com deferência pelo famoso Rabino Schneersohn.

Milo fora encarregado pela comunidade que frequentava de uma missão: trazer um livro, o rolo bíblico escrito à mão, em pele especialmente curtida e preparada. Um *Sefer Torá* pode demorar alguns anos para ficar pronto. Meu sogro guardou os rolos manuscritos no armário do hotel – uma espelunca jamaicana na Kingston Avenue, no coração da concentração judaica do bairro.

Naquele fim de semana, pouco depois da meia-noite, alguém bateu na porta do nosso quarto de hotel em Manhattan.

Meu sogro.

Nunca mais esqueci de seu depoimento e da voz ondulante.

– Milo? O que você faz... tudo bem? Entre! – Ainda espiei o corredor a ver se havia acompanhantes.

Ele transpirava frio, a boca entreaberta, os olhos afastados.

– Como chegou até aqui, no meio da madrugada em Manhattan? – Enquanto o acolhia e o fazia entrar pela sala do apartamento. – Está tudo bem?

Milo fez que não.

– Mas o que foi que aconteceu?

– Adam, por favor, me ajude!

O sogro parecia desesperado, arregalava os olhos e olhava como se não reconhecesse nada. Ia e voltava até quase fazer desaparecer a íris. Segurava um copo de água quase vazio que se agitava no ar.

Sentei na ponta da poltrona, acomodei Milo e protegi suas costas com o cobertor.

– O alfabeto inteiro. Elas rodavam pelo quarto... redemoinhos que se afunilavam, iam e vinham, iam circulando!

– Quem é que rodava Milo?

– As letras!

Eu tentava interceder em vão:

– Milo, olhe nos meus olhos, do que você está falando?

Ele olhava para o teto e esticava a mão como se a cena que o transtornou ainda estivesse bem diante dele.

– O barulho ensurdecedor, e elas falavam ao mesmo tempo. – Milo coordenava dedo e olhos indicando movimentos de rotação.

Eu não parava de esfregar os olhos durante o depoimento. Comecei a suspeitar de um AVC. Avaliei melhor e diagnostiquei psicose aguda ou distúrbio metabólico grave. Cogitei chamar uma ambulância, mas com sono e preguiça, resolvi observar um pouco mais.

Emma ainda dormia.

Ele foi se acalmando, mas a confusa descrição seguia.

–O alfabeto, eram ninhos que entravam e saíam dos rolos.

Milo estava saindo do estupor e olhando mais fixamente para mim.

– Como era o barulho, Milo? – Apertei carinhosamente seu ombro.

Ele olhou para baixo para recuperar a imagem e falou, desta vez pausadamente.

– As letras conversavam. Eu ouvi, tudo. Tenho certeza, sei que não estou louco.

– Sei que não Milo, calma!

"Enlouqueceu."

Ninguém dormiu mais, tampouco nos recuperamos do susto.

O mais estranho estava por vir.

Incríveis coincidências resgataram Milo da morte certa nos anos subsequentes. Nunca houve uma gradação para milagres, mas a sequência de coincidências costurou ali alguma rede misteriosa, isso era inegável.

Ele sofrera um "infarto anterior extenso" que quase o matou. De alta médica, quando voltava para casa, teve um edema agudo de pulmão. Sobreviveu aos eventos por um fio. O quadro piorava, sugeriu-se nanotecnologia e micro-doses de ferro, o início de dilatação aneurismática do átrio esquerdo – último passo antes da massa cardíaca virar geleia – retrocedeu. Em horas, a flacidez cardíaca cedeu. Os médicos desconfiaram daquela estranha reversão do quadro. Refizeram o exame pelo menos seis vezes.

Um mês depois, a visita do famoso cardiologista norte--americano – convidado para uma festa oferecida por um banqueiro brasileiro. O médico era uma espécie de papa da cardiologia não invasiva. Foram apresentados no corredor do hotel.

O doutor era solícito a seu modo, e estava só de passagem na cidade. Fez a gentileza e o atendeu em pé. Avaliando os exames, desaconselhou a cirurgia agendada para a semana seguinte num hospital paulista. O homem com ferro entre os dentes, era um oráculo grego.

– Seus exames estão bem-feitos. Bem-feitos, mas mal interpretados. Faça a cirurgia e morrerá! – E, antes de seguir em frente, devolveu os exames às mãos de Milo, nessa altura, com o sangue espantado da face e sem tônus muscular. A cirurgia foi suspensa.

Sete anos mais tarde, enquanto os dados rodavam no ar, sua vida foi mais uma vez suspensa. Milo disputava um campeonato de gamão no clube e sofreu uma parada cardiorrespiratória no mesmo dia que um desfibrilador cardíaco foi entregue ao clube. Fui um dos primeiros a chegar e soube pelos paramédicos que ele foi de ambulância até a UTI depois de ter ficado quase oito minutos sem respiração natural. Na minha cabeça era morte.

Quinze dias depois Milo, mais uma vez, tinha humilhado a morte. Aquilo fora mais que uma sobrevivência. Recuperou-se quase completamente saindo com algumas sequelas renais. Com prognóstico reservado, desafiou todas as previsões e prognósticos. Viveu para além de todos eles por mais nove anos.

Ser Judeu

Ser judeu tem sido recusar permanecer refém da história.

Eu sabia. Tinha visto conhecidos e amigos em número suficiente para saber: o dilema da transcendência não era um problema superável. Outros podem passar, esse nunca. Passei para o bloco de notas:

"A sensação do acima não pode ser reduzida a uma hipótese filosófica, mas a descoberta psicológica de um sentido. É impossível que a densidade abstrata da experiência religiosa não tenha algum fundamento empírico. Então, já que temos os cinco sentidos e o sexto é o do equilíbrio, o 'senso do acima' pode ser o sétimo! E é ele que torna objetiva uma questão que não pertence mais à teologia nem à religião, escapa à discussão filosófica: a alma poderia ter existência concreta emancipada do aval da razão."

Desde que Assis Beiras morreu, eu sempre pensava num próximo livro. Era o jeito, o único, de adiar minhas velhas obsessões: registro e morte súbita. Por isso, teimava em deixar tudo organizado antes que fosse tarde demais.

Lembrei da explicação de Josué Napkins no enterro de Milo:

Eu podia ser um alienado dos assuntos do espírito, mas como todo garoto judeu tinha tido algumas noções das leis de Moisés. Meu sogro e pai honorário já deixara muito claro nas aulas que nos impunha sábado à tarde depois da refeição:

— Só há instrução se vier com orientação.

No velório, resisti calado, esperando pelo fim da palestra, olhei para cima, mirando o teto de cimento armado.

— O homem sábio — ouviu-se do rabino que oficiou o enterro — aprende a dosar a alegria entre o *kidusch* (santificação) e a *havdalá* (separação). Há uma época de frescor e júbilo, mas também a separação, os dias inglórios, a má fase, a falta de sorte.

Tudo aquilo soou absurdo: o que estava reservado aos desatentos? Como amenizar a morte súbita, o infortúnio, o que ninguém pode esperar?

"É razoável esperar que alguém fique a postos para ser atropelado? Eu estive perto de provocá-lo."

A família esperava o corpo, retirado do caixão, para o último banho no ritual dos mortos. Eu me aproximei para ser sincero:

– Desculpe, mas para que tudo isso? – Precisava ouvir da boca de Napkins, o melhor amigo do meu sogro.

– Reconciliar-nos com a tradição? – Ele devolveu.

Era chegada a hora do corpo de Milo Fingues, lavado e embrulhado na mortalha, voltar para o caixão e à terra.

– Eu simplesmente não entendo! E, desta vez, em vez de me contestar, Josué arriscou a terapia do féretro e me exortou a ir à frente para segurar uma das alças do caixão. A grande honra de carrear um semelhante à sepultura. Enquanto cantavam eu fui chorando e balançando, sustentando a alça de corda crua, envergado pelo peso da carne sem o fluido da vida.

"Não entendo! Para que levá-lo? Ele não era tão velho."

Enquanto o caixão descia nas roldanas, ainda pesado e sob o ritmo da melodia, mais um corpo inerte desceu à terra. Blocos de terra faziam sua trajetória até o baque timpânico na madeira preta. Um som único. Eu o conhecia. É o exato instante no qual desce à consciência o transe da morte. O desfecho, o ponto de desembarque do rebanho. Como está escrito em algum lugar "diante da morte, mesmo para quem não faz música, a tradição interpreta sua partitura".

Eu desconfiava daquela conjugação, tinha o dever de desconfiar.

Insetos

Com cinquenta e oito anos, sempre fui um tipo atlético fora de forma, apesar de aparentar menos. A ausência quase absoluta de cílios sugeriam o desaparecimento paulatino da firmeza dos tecidos. Não que a idade já tivesse estampado o rosto coletivo da velhice em substituição aos desenhos da singularidade. Aquilo era só o desmantelamento da expressão, o desabamento materializado. A barba ruiva, agora já com largas faixas brancas, tinha fios grossos e estava separada em duas pontas desfiadas. O cabelo encaracolado e desalinhado não estava superado pela calvície lateral indecisa.

Sou o tipo falsamente despreocupado com a imagem pessoal. Julgando pela aparência, é difícil adivinhar minha atividade. Não lembra um trabalhador, um intelectual ou executivo. Nenhum semblante étnico ou religioso: nunca usava chapéu, franjas, nem solidéu, a não ser em ocasiões festivas com a família de Emma. Minhas sobrancelhas, praticamente transparentes, despontavam sobre olhos esverdeados que, a depender do humor e da luminosidade, oscilavam para outras tonalidades.

O interesse pelos insetos era antigo. Tudo começou lá atrás de uma forma difusa, com interesse exagerado em formigas. Segundo minha mãe, eu precisava parar no meio da mais movimentada avenida do bairro para coletar espécimes.

Com dez anos de idade, construí viveiros no tímido terraço losangular no apartamento de dois quartos e sala na zona norte. Na caixa de papelão com tela e areia aprisionava insetos para estudo e diversão.

Não era incomum que o estudo das asas de libélulas e membros amputados de lagartixas degenerasse em pequenos atos sádicos, como mutilação experimental, infusões de éter e dissecção selvagem.

O interesse ficou mais direcionado numa visita ao Museu de História Natural de Londres, às vésperas de completar doze anos de idade. Fiquei impressionado com a seção dos artrópodes e com a especial diversidade da família dos *Coleoptera* espetada no isopor. Por atenção à arquitetura bélica daquelas carapaças, fixei-me naqueles compridos, oblongos, com garras frontais que enganchavam as presas como empilhadeiras.

Revendo retrospectivamente minha trajetória, tive certeza, aquele foi o instante zero na definição pelo estudo daqueles animais. Como não queria ser empalhador ou zoólogo, comecei a ouvir sugestões de que deveria me dedicar ao comportamento animal.

Uma infância passada entre bairros de classe média baixa em meio às gangues *teens* que se enfrentavam com paus e pedras e até batalhas campais nas avenidas dos bairros chiques, como Sumaré e Higienópolis.

Meu temperamento autoconfiante durou até dois anos atrás, data do meu exílio da universidade. Apesar da evidente inclinação para a análise, tentava não me contaminar pelo estereótipo que, muitas vezes, atinge os psicólogos. Minha linha foi sempre a psicologia clínica formal, de inspiração freudiana. Ouvir a narrativa do sofrimento e ajudar os pacientes a recuperar a condição de sujeitos. Depois de migrar por várias correntes clássicas da psicologia, adotei uma síntese pessoal de todas elas. Ou seja, nenhuma. Precisava assumir, minha queda era pela ciência e pelos rigores do método.

– Nunca deveria ter escolhido profissão tão desvalorizada – passei a lamentar aos meus alunos mais tarde.

Já faz muito tempo que deixei a clínica pela pesquisa. É claro que reconhecia o quinhão regenerador bilateral da interlocução terapêutica. Mesmo depois de anos eu ainda me perguntava se havia algum sentido na troca. Valeu a pena?

Faz uns anos ensaiei um retorno para o campo clínico e cheguei a atender pacientes, mas abandonar a pesquisa dentro da burocracia universitária não era nada fácil. O jogo da rigidez acadêmica obriga as pessoas a se desviarem do que as levou até lá. Muitos migram para a pesquisa porque querem entender melhor suas práticas e, no fim, torniquetes institucionais te forçam ao abandono da clínica em favor do dinheiro das agências de pesquisa.

Já havia visto e vivido o suficiente para concluir que aquilo era um problema insolúvel. Foram seis meses de tentativa. Não deu. Simplesmente não conseguira a passividade necessária para me render às evidências.

A sensação de que era minha a última palavra, de que minhas preciosas formulações pedagógicas estavam penetrando no sistema era um engano bem estudado. O poder que conquistei na estrutura universitária era ainda mais regenerador e superava a lacuna que o tempo me roubara das pesquisas.

As verdadeiras rupturas só aconteceram depois. A primeira, bem no início da carreira. Passei quase um semestre no continente antártico e região. Um mês só na estação científica brasileira "Comandante Ferraz". Era o único psicólogo num trabalho pioneiro. Estudava o comportamento dos animais e cuidava da reprodução de krills. Antártida e Patagônia estavam cheias de histórias. Quando ouvi a notícia do incêndio que destruiu a estação brasileira na Antártida reapareceram todos os registros das coisas estranhas que vi por lá.

Primeiro foram os inexplicáveis surtos de animais enlouquecendo ao mesmo tempo. Depois o colapso do pesquisador-chefe abafado na grande imprensa. O biólogo Campos Vaz saiu numa quinta para recolher amostras do subsolo e desapareceu. Uma unidade de resgate foi mobilizada. A marinha estava por encerrar as buscas quando o cientista reapareceu sábado à noite. Campos, que estava com os dedos dos pés comprometidos por graves queimaduras, sorria e cantava, anunciando ter encontrado a bem-aventurança!

"A bem-aventurança?"

"Na Antártida?"

Nada é Pessoal

Os últimos dois anos de docência na universidade haviam sido muito oscilantes.

Dia dez de abril, fiz questão de registrar. A reunião do meio dia na faculdade mostrava que eu não tinha mais amigos. Os colegas demonstraram que sabiam estabelecer prioridades bem melhor do que eu. Não conseguiria me sustentar na chefia do departamento e aquele era o dia em que o complô fecharia o laço. Passei em frente ao prédio da reitoria – e reparei na janela lacrada daquele que nunca tomava as decisões.

Quatro anos antes, no coquetel, após a cerimônia na qual, superando os entraves habituais, assumi a direção do instituto à revelia do reitor, em vão ele tentou interferir na escolha. O magnificentíssimo apoiava outro professor.

No coquetel, entre uma cerveja e um *prosecco*, Hermano Balak me puxou pela gola do terno com tanta habilidade e simpatia que me deixei arrastar manso e cordato. Quando o eficientíssimo reitor se aproximou de meu ouvido, recebi seu bafo horrível, e me submeti pacificamente aos sussurros. Só recuperei o significado daquela abordagem na íntegra, horas depois:

Não lembro das palavras exatas, mas era algo como

– Esmago insetos que passam pela minha frente. Começo com os petulantes!

Em seguida, Balak me soltou, fingindo limpar farelos da lapela do terno.

– Dizia ao meu amigo aqui –, espalhou pela roda de professores que o envolvia agora colado em meu braço –, como ficamos entusiasmados quando um candidato como ele, que corria por fora, chega e ganha. A democracia é nossa grande força, como costumo dizer!

Não era mais sigiloso, mas no caminho de menos de quinhentos metros, entre o pátio da reitoria e o Instituto de Psicologia, a grama, as tranças de espinhos e até os postes pareciam querer me avisar. Os alunos passavam através de mim. Foi então que me dei conta: eu já era um cadáver.

Parei num canteiro de obras e do nada vomitei.

Eu já sabia, nesta nossa tarda civilidade, nada é pessoal. Golpes políticos são sempre contingenciais. Nada de sentimentos de perseguição: repeti dezenas de vezes que a realidade não tinha um "caso" contra mim. E nem foi necessário: os doze membros da Congregação da Universidade votariam e o placar poderia ser antecipado.

Qualquer um saberia o resultado: eu perderia o cargo, com ou sem votação. O surpreendente é que até uma semana antes, ainda achava que teria chances de reverter o complô. Um agnóstico instável como eu sempre espera por milagres de última hora.

Pouco antes de a assembleia se pronunciar, logo na abertura dos trabalhos, levantei da primeira fileira do salão oval e contrariei o primeiro mandamento da cartilha política:

— Senhores, nada disso será necessário: peço demissão em caráter irrevogável!

A mesa reagiu depois de calcular como apresentaria o espanto.

— Você sabe que não temos nada contra você. O sistema tutorial é que não funciona mais na educação!

O tom infantil introduzia uma falsa comoção e, de certo modo, validava o trato excessivamente civilizado que só os derrotados recebem.

— Não sei de nada! — Eu disse, o auditório vazio na sala normalmente usada para defesas de tese reforçava a náusea, espalhando um eco sórdido, a voz repetitiva do boicote.

— Posso falar? — Melina Cisneros era a terceira na hierarquia e antiga colaboradora no departamento.

Não permiti, tampouco desautorizei.

– Você é dos pesquisadores mais criativos que passaram por esse departamento, acredito que falo por todos. – Melina olhou em volta e obteve aceno confirmatório de todos aqueles pescoços enfileirados.

– Só que precisamos modernizar o ensino. Optar por modelos mais práticos. Não somos nós, você entende? – Melina me encarava enquanto explicava, fazendo um gesto indicativo com as mãos – Os alunos, são eles, alunos, que estão pedindo!

– Mondale, peço que entenda nossa decisão. Não tem nada de pessoal. Ela foi planejada e discutida. Você nem imagina como essa irrevogável decisão nos entristece.

O sistema pedagógico que criei e que tanto irritava o *establishment* era não ter mais que dois ou três alunos por turma. E então forçá-los ao autodidatismo e à emancipação intelectual. Também pesavam um pouco no laudo da acusação as aulas peripatéticas e as confraternizações ao ar livre.

E ainda havia mais por vir, segundo a orientação pragmática: a nova academia precisava "de uma interface e uma conta aberta com o mercado". Quanto aos métodos pedagógicos, o que eu usava poderia até ter lá sua eficiência, mas no relatório também foi criticado como "influência do colonialismo europeu-norte-americano".

Fiz sinal com a mão pedindo a palavra. Levantei-me para discursar meio de lado, sem que precisasse encará-los:

– Alinhar a academia com o mercado? Senhores, colocado dessa forma é lamentável. Que conste na ata desta nobre congregação: tudo o que aconteceu aqui é pessoal, vou tomar como pessoal e responderei pessoalmente.

A mesa reagiu e todos falaram ao mesmo tempo na dispensável defesa dos conspiradores. Observava sentado o bate--boca que desencadeei.

"Incrível, acham que podem peneirar as verdades com chavões do senso comum."

"Falam ao ar, como se eu fosse um fantasma que ainda pudesse ser nocauteado."

Eu apenas me virei de lado, com o dedo sobre o bigode e sai sem olhar para trás. Foi o instante em que notei o colapso de minha missão pedagógica.

Assis Beiras, usando um xale e chapéu bordô, me seguiu para fora do salão e, sem meu consentimento, com as mãos atrás do corpo, mostrou seu estrondoso dedo do meio para aquela turma.

– Adam, esqueça, eles não toleram independência e…

Emma parou sem completar a frase.

Instiguei Emma a alguma conclusão:

– Pode falar Emma, mas fale tudo.

Ela se calou, eu continuei, amargo

– Fale sobre a surpresa em ter como diretor da psicologia alguém que estranha os métodos das ciências naturais. Ou que não acredita que a produção do saber tenha que ser escravizada pelo mercado.

Emma não prosseguiu. Eu sabia, poderia ser qualquer um deles ou nenhum. De todo modo, eu não fazia mais parte da cúpula freudiana desde que deixara a Sociedade Psicanalítica. Poderia voltar a ser apenas o psicólogo de insetos que chegou ao poder universitário e, por fim, foi deposto.

Exílio do Exílio

Numa das muitas tardes chuvosas em Jerusalém, dormi e tive sonhos estranhos. Fui checar a data. Era o aniversário de falecimento de um amigo. Morreu tão prematuramente que só a expressão "nostalgia antecipada" conseguia dar conta do meu estado de espírito.

Até hoje me surpreendia remoendo as cenas de mortalha e o corpo deitado sob o lençol branco. Benjamin, meu melhor amigo, doze anos de idade, estava lá. Pequeno, ajeitado incomodo no caixão infantil. A morte de crianças passou a ser um tabu. Presenciá-la faz com que uma peculiar vulnerabilidade me invada o corpo.

Uma semana antes da pneumonia que levou Benjamin embora para sempre, fomos todos juntos torcer pelo Corinthians, no estádio do Pacaembu. Chovia muito e era um clássico contra o Santos, contando com Rivellino e Pelé.

Empate, e Benjamim, ensopado, faleceu uma semana depois. Tragédias têm o dom da aglutinação.

Semanas depois meu pai, que fundara uma célula do Partido Comunista no Tatuapé soube que precisaria sumir do país. O aparelho informava que sua ficha do DOPS havia chegado ao DOI-CODI. Estava na lista, fichado como

"Marlon Mondale, natural da Polônia, marxista subversivo".

A prisão era questão de dias. Para despistar o cerco, nossa família teve que fazer estágios nos arredores do Rio de Janeiro e ficamos enfiados num beco hostil de Nova Iguaçu. Por duas semanas, fomos migrantes clandestinos no estado da Guanabara. Depois que a polícia estourou os aparelhos de São Paulo, todo mundo foi realocado e fomos removidos para o subúrbio de Contagem, bem perto de Belo Horizonte.

Numa madrugada com orvalho, um carro escuro e com placas frias nos transportou até Torres, a praia gaúcha. Um dia depois Porto Alegre e finalmente embarcamos no aeroporto Salgado Filho, rumo à escala no Rio de Janeiro e então Orly, antes do destino final, Londres. Meu pai não abria a boca. Só dentro do avião, após quase quarenta dias praticamente mudo, ouvi uma palavra inteira.

– Acabou!

O pacote de desventuras era da ditadura? Depois de tanto tempo eu ainda achava que sim: malditos coronéis!

Mas não, numa revisão durante minha análise didática para a formação psicanalítica, percebemos, eu e o meu analista, que nenhum desses era o verdadeiro problema. Talvez nunca tenha havido um único problema verdadeiro.

Na terça chuvosa, me isolei de todos no cemitério israelita. E do gramado fiquei observando à distância o caixão do meu amigo descer à cova. Vi a terra escapando da madeira e atrapalhando Benjamin que sempre dizia que precisava saber de tudo.

"Ele sabia mesmo de tudo."

Meus olhos estavam bloqueados pela terra lavrada, pelo óbito findo, num pigmento que passou a fazer parte da pele. Queria que minha dor fosse registrada, mas eu, tão fantasma quanto Benjamin, estava invisível. E também, como ele e qualquer um que perde o corpo, não tinha mais consciência da minha própria condição. Mesmo na morte havia vida, mas desde então eu soubera, aquilo, a vida, não era mais para mim.

Durante a temporada em pleno exílio, completei treze anos. Meu pai não fazia questão de cerimônias. Nem eu. Na tradição, a contagem dos anos adultos é disparada aos treze anos, mas talvez a única vida possível esteja na infância. O resultado prático de ter pulado o *bar mitzvá* pode ter sido a sensação de ser mais jovem do que a idade cronológica. Produziu algum efeito negativo com as meninas. Se aos quinze já tinha uma respeitável coleção de livros, nunca tinha beijado uma delas. Não era uma troca razoável.

Primeiro poesia, depois vieram, na ordem, títulos de biologia e filosofia. Romances foram tardios. A explicação é que pela cartilha do Partidão a maioria era considerada "desvios burgueses". Só depois da enorme decepção, quando soubemos dos crimes de Stálin e da esquerda conservadora, fui autorizado a ler os "decadentes alienados". Alguns volumes de ficção chegaram através de um amigo do meu pai.

Resolvi acordar e tomei coragem para visitar o Museu do Holocausto. Lembranças entravam e saiam ao som de um sino, um gongo intermitente na seção infantil do Yad Vashem. Ali, revivi mais uma vez o drama de Benjamim. O memorial fazia badalar o som a cada minuto, ritmo intermitente de tributo: um por criança morta.

Talvez houvesse genocídios mais exuberantes, jamais um infanticídio naquelas proporções. Um ano para ouvir o ciclo inteiro de nomes. Um milhão e meio.

Depois de relativo sucesso na carreira profissional e subsequente malogro como o que sofri na vida institucional: a única resposta digna era uma resignação absoluta com o destino.

Descobri que era indigno!

Nenhuma Outra Criatura, Exceto o Homem, Pode Evocar o Passado Através da Vontade

Vinte e cinco anos antes, depois de estudar louva-a-deus, moscas antárticas e formigas, dei preferência às pesquisas com o escaravelho sagrado. No início, ninguém levou muito a sério. E quem poderia?

"Investigações biossemióticas com artrópodes."

Minha pesquisas viraram folclóricas. Para contemporizar, a comunidade científica avaliava meus trabalhos como "atípicos". Isso até um dos meus *papers* aparecer numa edição especial da *Nature:* "Um passo na decodificação da linguagem dos coleópteros" publicada com impacto máximo e repercussão mínima. Passei a ser tacitamente respeitado, mas o incômodo permaneceu. Um especialista em comportamento animal ainda comandava o Instituto de Psicologia!

– Como foi parar nos coleópteros Adam? – Me perguntou meu primeiro orientador. Ele estranhava que minha pesquisa de campo do doutorado tivesse guinado de um mestrado que discutia do ponto de vista da psicologia evolucionista o altruísmo na sociedade das abelhas, para um estudo polêmico sobre o comportamento do *Scarabeus sacer*, o "rola-bosta", o nome popular do escaravelho sagrado.

– Capacidade de reciclar. Conhece algum inseto que faz isso melhor? Minhocas, aranhas, esponjas e pássaros também reciclam, mas o *Scarabeus* não só se alimenta, mora nas fezes! Exemplo de economia para o mundo.

Eu me esquivava das polêmicas:

– Confesso que o verdadeiro motivo pelo qual escolhi esses bichos foi pela beleza. A beleza da palavra! *Avis aurea.*

Não soa bem? Besouro!

Desde o prólogo, meu doutorado já prenunciava o problema, quando desenterrei um achado filológico que rendeu muita polêmica. Só ali, os examinadores gastaram duas horas e quarenta e dois minutos de arguição. Teses devem ser feitas na mais tenra idade. A esta altura, jamais teria a paciência.

Eu descobrira que recentes revisões de tradução esmiuçaram os termos gregos com que o filósofo se referiu à "irracionalidade" dos animais.

Aristóteles atribuiu outro gênero de inteligência aos animais, muito diferente do termo consagrado no mundo ocidental como "irracional". Para ele, a grande diferença entre animais e humanos era outra: "Muitos animais têm memória e são passíveis de instrução; mas *nenhuma outra criatura, exceto o homem, pode evocar o passado através da vontade*"[3].

Desde então se legitimou um imenso campo em que eu estava, literalmente, falando sozinho. Era algo além do comportamento, a experiência cognitiva e a psique dos insetos. Reagi com altivez diante do menosprezo dos psicanalistas e biólogos. Sempre gostei de apostas e já havia notado que pesquisadores e jogadores compulsivos têm muito em comum.

– Só de pensar..., anos perdidos numa trajetória bem-sucedida para depois largar tudo e... virar poeta, escritor irrelevante, pesquisador melancólico?

Frequentei a faculdade por mais dois semestres até abandoná-la de vez, dois meses antes do fim do ano letivo. Transferi os dois alunos ainda sob minha orientação. Comuniquei que não estava mais disponível.

Compulsões sempre operaram à revelia do sujeito, não fui eu que decidi voltar a escrever. Mas qual o sentido em

---

3 *História dos Animais*, Livro I, 488b, 25

trocar a carreira acadêmica recheada de fomentos de agências de pesquisa, garantidos para todo o sempre, por efemérides como bolsa literária, sucesso improvável e escassez de leitores? Aparentemente não fazia o menor sentido, mas sentidos não são decididos aparentemente.

Assis Beiras me apareceu na porta, sob um guarda-chuva laranja, com um de seus diagnósticos:

– Adam, o problema é que você tem coração mental.

Longo e estreito o caminho que percorri até voltar para minha coletânea de poesias.

A constância na minha vida como escritor: nenhuma repercussão. Eu reagia, tudo é aceitável, menos a irrelevância. Mas era essa exatamente minha única garantia: irrelevância!

II

Primeiras Semanas

Duas semanas em Israel e não via nem inspiração nem sombra de redenção. Os primeiros dias foram reservados para conhecer o país. Visitei locais consagrados e cidades turísticas. Cesareia foi o lugar que mais me atraiu. Quando vi a placa indicativa, já sabia onde estava pelos painéis eletrônicos que me chamaram a atenção.

Cesareia era o porto mais magnífico e aprazível de Israel. Recentemente, um anfiteatro romano e a casa de Pôncio Pilatos foram desenterrados, dentre entulhos escoados por séculos.

Pensando bem, todas as cidades atuais de Israel são ilusões recentes. Na maioria, sobreposições sobre sobreposições. Em Cesareia, a visão do inútil cais perfeito e, não por acaso, ali se concentravam os ricos do país, com casas amplas e apartamentos com sacadas em forma de cesta.

O azul mediterrâneo – dava para entender porque batizaram a cor com esse nome – apresentava uma refração com tonalidades que mudavam todo tempo. As cores brotavam da superfície da água salgada para se refletirem em arco na maré e em tudo à volta.

"Mediterrâneo", murmurei para mim mesmo. Esqueci o mar e os conceitos e só pensei na palavra.

"Deveríamos fazer mais isso, esquecer o que sabemos sobre as palavras e ler mais a própria palavra."

E me dei conta de que era um "meio entre as terras", um mar de passagem, compartilhado.

Foi a primeira vez que respirei fundo desde o desembarque.

Antes de sair do Brasil, minha tragédia era um estado anestésico. Não conseguia recuperar a emoção. Resgatar o sentimento era uma aspiração sem vontade própria, dependia de dádiva, ou de algum tipo de acontecimento sobrenatural.

Assis Beiras errou. Meu coração não era tão refratário, lógico ou "mental". E as vivências certas mudavam seus prognósticos.

O luto pelo que vamos perdendo pela vida – pensamento que me vinha toda manhã – não é um estado psicológico transitório. A memória do luto é uma consumidora exigente que precisa dominar todos os andares da consciência.

"Se não tinha a menor esperança de encontrar respostas, para que vim?"

– É uma ilusão, Adam. Buscas nunca terminam. Talvez a identidade liberte!

Mas eu resistia aos diagnósticos.

– Nada nos liberta Assis, nada. – Insisti com ele. – Temos a falsa impressão de que a consciência deriva do ego. Sem obrigação ou dúvida estamos mortos!

– Existem coisas das quais não se fala, há coisas que precisam só estar ali, sem a mínima consciência de por que estão, como estão, quem são. Quem foi que inventou a maldição da onisciência?

– Assis –, puxei-o pelo casaco e disse com alguma convicção: – Observe. Temos religiosidade sem religião, espiritualidade sem rituais, razão sem ética. Então me diga, como eu, laico, pós-marxista e cético posso ousar abolir toda instrução que eles dizem receber do Livro?

Museu Rockefeller

Alguns dias depois de receber a descrição com os achados fotográficos do negativo, resolvi levar a sério a indicação do gerente do laboratório.

Lembro-me de ter entrado com o táxi na rampa de acesso e parado bem em frente da cancela amarela. De início, fui ignorado pelos brutamontes da rampa de entrada do Museu Rockefeller. Uma instituição imponente com peças importantes, fundada em 1927, bem do lado da entrada de acesso ao muro.

Na entrada, ao lado do par de gárgulas romanas esculpidas em pedra, um dos seguranças levantou a cancela e veio à janela gesticulando. Cruzava as palmas das mãos para baixo sinalizando término.

"O museu já está fechado."

O segurança afastou-se e movimentou o indicador autoritário em direção ao motorista do táxi.

A lentidão da manobra irritou o homem da segurança:

– Vire o carro e saia!

– Estou com passageiro... senhor! – O motorista abriu completamente a janela para se explicar. A obsequiosidade do motorista árabe contra a arrogância dos músculos me irritou.

– Suma! – O sujeito enorme foi se aproximando da janela desferindo tapas no capô.

Mais uma vez aquilo mexeu comigo. Pronto para descer e discutir, meu bolso enganchou no trinco da porta. Os dois guardas cruzaram os braços ameaçadores, enquanto o taxista pressionava o acelerador para engatar a ré com o carro ligado. De mochila e *Guia Michelin* nas mãos, estendi a mão e mostrei o guia ao mais baixo deles. Queria esfregar na cara dos dois o horário de funcionamento marcado no guia:

"10h às 17h"

– Dá para ver? São dezesseis e quinze! – Mostrei gritando meu relógio de ponteiros sem números.

Fui ignorado. O consenso entre eles foi um olhar, deram as costas e subiram a rampa. Abaixaram a cancela, e retomaram a conversação amistosa entre eles como se nenhum de nós nunca tivesse existido. Alguma razão tinham.

Paralisado e ainda com o guia nas mãos insisti em protestar contra os gorilas que voltaram a guardar a entrada logo atrás da chancela quadriculada.

Por sorte ou coincidência, nesse exato momento começava a subir a rampa um senhor de meia-idade com o crachá do museu à vista, com inscrições em hebraico. Um sujeito pequeno, de sobrancelhas largas e claras, barba rente incolor e branca. Sob a boina russa, segurava com força uma pasta surrada de couro marrom com zíper. Andava curvado, quase inclinado e, sem usar o calcanhar, espremia a parte da frente dos pés contra o asfalto íngreme da rampa que dava acesso ao museu.

Suas passadas eram instáveis e eficientes, principalmente se considerássemos as pernas murchas e curtas. A determinação dos braços – ele espremia a pasta contra o tórax – era de alguém que já contou com muito mais autoconfiança. Inevitável perceber que a marcha passava a impressão de uma pessoa dividida. Como se tivesse que carregar dois corpos sem sincronia. Uma mente flexível num corpo já a meio caminho da calcificação.

Pois o sujeito trocou olhares com os vigilantes que o cumprimentaram, excessivamente obsequiosos. Sua liderança não parecia artificial. Havia uma autoridade natural que dele emanava.

O homem captou o clima de impasse triplo entre eu os seguranças e o motorista árabe. Diante do vai-não-vai, me lancei para fora do táxi e me voltei à janela para pagar a corrida. Quase esqueci a pasta cinza com as fotos e o relatório, abandonados no assento do táxi. Meio desajeitado, reabri a porta para retirar o material.

O senhor com o crachá amarelo fez um pequeno desvio de rota à direita e, descendo um pouco, parou ao meu lado para perguntar primeiro em hebraico e depois em inglês:

– Algum problema? Posso ajudá-lo?

Eu estava de costas terminando o acerto da corrida com o taxista. Assim que o paguei, ele fez uma manobra ríspida e usando a ré, até escapar pela rampa.

Estranhei a gentileza daquele senhor e agradeci seu interesse, agora encarando os dois monstrengos irritadiços com mais coragem. Tentei explicar em poucas palavras ao senhor Crachá o que me trazia ali.

– Tenho um documento e me aconselharam que procurasse o diretor do museu.

O sujeito não se impressionou, nem escutou. Mesmo assim, me segurou pela manga e virou-se me arrastando pelo cotovelo em direção à subida. Só então notei a espessura das lentes dos óculos. Sua testa oleosa brilhava.

Subimos juntos a rampa, era muito mais íngreme do que aparentava. Já no alto, a alguma distância do lado direito, identifiquei lugares históricos. Estava bem no coração da cidade.

– Eles não aprendem! Esse é o poder das pequenas autoridades! Como se diz, é bem mais fácil derrubar grandes ditaduras. Sem olhar para trás, apontava com o polegar em direção aos seguranças.

Não abri a boca.

– São só incompetentes! Então se virou para mim esperando solidariedade, apoio ou apenas uma opinião.

– Foram indelicados! – me esquivei.

Quando terminamos o aclive, nós dois precisamos descansar. Fiquei observando o velho recuperar o fôlego massageando o músculo da perna. Eu me orgulhei, minhas corridas semanais tinham rendido algum benefício.

Estávamos bem em frente da portaria principal do museu e a bilheteria já estava fechada.

Desconfiado, ele pergunta:

– O senhor é turista? – Consultou o relógio. – Posso deixá-lo entrar, vou providenciar um tíquete…

Me apresentei: – Adam Mondale – e estendi meu cartão de visitas

Adam Mondale
Professor titular da Universidade de São Paulo
Diretor do Instituto de Psicologia
Adam_Mondale@ip.sp.br

O homem aceitou o cartão desconfiado e, sem lê-lo, enfiou-o no bolso detrás da calça felpuda.

– Na verdade, vim mostrar uma peça e pedir uma opinião…

Ele me olhou com enfado.

Em seguida me convidou para entrar; passamos ao largo da catraca entrando pela porta reservada ao *staff* do museu. Passamos pelo detector de metais. O segurança postado na entrada insistiu numa revista. O velho o despachou com as mãos mostrando que não era necessário. Eu ensaiava para perguntar pelo dr. Haas, mas o velho tinha um andar pequeno e frenético.

Através de um longo corredor escuro revestido em madeira nobre, eu tinha que imprimir marcha acelerada para acompanhá-lo. Quase no final, nos deparamos com uma porta com basculantes de vidro canelado.

Só compreendi que eu estava ao lado do diretor-geral daquela instituição quando nos aproximamos da porta. Pode ser difícil acreditar, mas isso era comum em Israel, alguns trâmites ficam espantosamente descomplicados. Com iniciativa e alguma sorte pode-se acelerar qualquer negócio. Conforme havia lido, ele liderava "um enorme complexo com um dos maiores acervos arqueológicos de Israel".

A placa o identificava:

Prof. Michel Delano Haas
Director Office

Fiquei confuso e a desconfiança aumentou: por que não se identificou logo?

Haas entrou, encostou a porta e me pediu para esperar fora. Enquanto isso gemia e parecia executar uma faxina rápida na sala.

Enfim a porta se abriu e entrei sem ver o diretor. Baixo, ele só apareceu quando saiu detrás da cadeira e pendurou o casaco cinza de camurça. Na mesa de carvalho, jogado, estava o exemplar do dia do *Herald Tribune* e sua pequena pasta com zíper enferrujado. Haas puxou a cadeira e abandonou o corpo enquanto eu, o visitante, continuava à espera de um convite para me acomodar.

Uma pequena exposição estava numa estante precária em cima da mesa de Haas. Os itens tinham uma ordem e uma curadoria que eu poderia jurar já ter visto antes.

"Mas onde?"

Pequenas estátuas egípcias, potes e vasos com relevos com barbas babilônicas estilizadas em cerâmica, um grande pedaço daquilo que pareciam ser resíduos de um fecho e um par de dentes escuro, fossilizado. Nas estantes, livros mal conservados, com lombadas dilaceradas e pilhas de papel que, de algum modo, precisavam passar a impressão de que estavam em processo de catalogação.

Eu ainda me esforçava para lembrar onde vira aqueles itens, com a mesmíssima curadoria, uma distribuição quase idêntica.

"Poderia jurar"

– Sua mesa... me lembra muito!... – arrisquei.

– Desculpe? Pode repetir? – Haas apalpava-se em busca de uma caixa de fósforos.

– É isso, Museu Freud, Londres, decidi arriscar.

O professor mostrou cara de arrependimento, de quem dera ouvidos a um estranho.

– O que tem a mesa? – Disse relaxado e curioso, enquanto se esparramava na cadeira de madeira, pouco confortável.

– Sua sala. Ela é muito parecida com a mesa de Freud, sabe? Em Maresfield Gardens, no museu, em Londres?

Ele avaliou rapidamente a própria mesa para entender melhor a que eu me referia, mas não se impressionou.

– O senhor conhece? O museu? – Insisti.

– Nunca fui. Em Viena, meus avós conheceram a família Freud, foram vizinhos, muito tempo antes da deportação branda dos judeus austríacos.

Concordei, mas estava aflito pelo modo como Haas procurava obsessivamente algum objeto perdido.

– Não sou adepto – continuou o professor –, mas concordo absolutamente com ele em uma coisa. Em algum de seus livros – Haas girou os dedos esperando que eu lembrasse o nome –, ele escreveu que o evento que mais o impressionou em toda história dos judeus foi quando, durante a destruição de Jerusalém comandada por Tito, quando as cinzas do templo destruído nem haviam esfriado, alguém que acabara de escapar de um massacre foi pedir autorização do governador romano para abrir as academias de estudo. O senhor é psicanalista?

– Fui, por muitos anos, hoje não, obrigado.

Me espantei com a idade de Haas. Pensava em sessenta, sessenta e cinco anos, no máximo. Pelo visto, estava perto dos oitenta. Em Israel não há aposentadoria compulsória por idade. Haas sentou-se de novo e retirou o cachimbo retilíneo de palha amarelada do bolso do terno ferrugem, e socou com o polegar o fumo carbonizado. Depois remexeu tudo com um palito de aço. Desistiu dos fósforos e puxou um quadrado prateado da gaveta. Nem se preocupou em fazer sala para mim ou oferecer alguma coisa. O sujeito estava genuinamente despido de gentileza formal.

– Hoje estou aqui como arqueólogo, – continuou Haas –, mas minha carreira quase toda foi como paleontologista. Agora fui enterrado neste depósito – e rodopiou os braços para indicar que o ostracismo não importava mais.

Haas esperou alguns segundos para emendar – Mas, diga, por que não ligou, marcou um horário? Temos uma equipe para esclarecer dúvidas.

Haas olhava para mim e aposto que pensava no que aprendeu com aquelas comunidades geladas nas escavações do Ártico: sem o domínio do idioma não se penetra em tradição nenhuma.

– Sou psicólogo e também um pesquisador da academia, vim para escrever. – A palavra final, poesia, morreu em minha boca sem escapar e deixei por isso mesmo.

– Qual sua área de pesquisa?

– Comportamento animal. Me especializei em insetos. Minhas últimas pesquisas publicadas foram com escaravelhos. Estudei o funcionamento do sistema de comunicação e sua importância. Talvez já tenha lido a respeito, biossemiologia?

Haas não precisava da frase completa.

"Aposto que ele pensa: Um psicólogo que estuda comunicação entre coleópteros! Sensacional. Que raios faz aqui?"

Ergueu as pestanas indicando falso interesse e, muito provavelmente, que eu estava no lugar errado. Depois jogou a cadeira para trás para me radiografar, tomando alguma distância, e logo pareceu mudar de ideia. Mas, com o olhar, via-se, havia desistido. Ainda assim, me observava por cima dos óculos enquanto produzia um chiado para aspirar o fogo azul do tabaco em brasas.

Estava claro que só um grande assunto, ou uma grande ossada, o interessaria. Como absolutamente nada foi oferecido e continuava em pé, resolvi agir e puxei a cadeira enterrada numa escrivaninha para sentar.

Haas aspirava longamente a chama do isqueiro e o ar já lhe faltava. Ele tossia num grasnar borbulhante, que se misturava aos barulhos nos corredores.

– Reformas… estão reformando. Mais uma vez. Lá no seu país também é assim? Será que isso não para nunca?

Eu tentava decifrar os sons que vinham do corredor.

– No que posso ajudá-lo, senhor…? – enquanto tentava reacender mais uma vez o tabaco ressecado.

– Adam… Adam Mondale – gaguejei.

O cartão de visitas sequer tinha sido lido. No fundo, ele se portava como se eu fosse uma criança suspeita. E eu estava assumindo esse papel.

– Fiz uma descoberta… acho que pode interessar aos senhores. Na Biblioteca – fui propositadamente vago – disseram que aqui era o lugar certo.

Haas permaneceu entretido com sua própria fumaça e o silêncio me perturbou.

Depois de quase sete minutos falando, quando terminei de contar minha história, com todos os detalhes desnecessários, desisti de contabilizar os bocejos do anfitrião.

Com soberba, especulei: "Relaxado demais para ser diretor. Pode ser aquele tipo que sabe como condenar um interlocutor à invisibilidade, com miserável percepção de si mesmo".

Haas soltou dois ou três pigarros e olhou distraído para sua estante; não parecia ter ouvido uma palavra do meu relato.

Vi duas alternativas: cair fora ou reagir.

Guiado pelo impulso, joguei na mesa o papel preto protegido pelo plástico transparente duro. O barulho contra a mesa foi o de um tapa. Em seguida, mais delicadamente, abri a pasta cinza e espalhei as fotos pela mesa.

As sobrancelhas de Haas saltaram, suas orelhas dilataram e a expressão *blasé* se dissipou.

Haas ajeitou-se na cadeira como se fosse dirigir e, de novo, reposicionou a boina preta e os aros redondos dos óculos para vestir as luvas que estavam na gaveta. Sua expressão era outra, do desinteresse à obsessão.

Comemorei a inversão de jogo.

Ele ficou olhando uma por uma, sequestrado pelas fotos com os lábios arqueados para baixo. As vezes gemia. Depois, sem pedir minha autorização, retirou o papel frágil do invólucro de plástico duro e se ergueu. Apanhou uma grande lupa sustentada por uma mola de aço que estava fixada à mesa.

Acendeu a luz da lente e debruçou-se sobre os papéis.

Só então voltei a ser visível.

Hol e a Tecnociência Mística

Ele pendurou o telefone no ombro enquanto procurava o isqueiro para reacender o cachimbo. Alguém atendeu. Pela demora e pelo olhar, achei que falava com algum centro de pesquisa fora de Israel.

Rapidamente entendi, era isso mesmo.

Alguma língua escandinava, talvez sueco, e Haas mencionou as palavras *polaroidik* e *Makhpelá*.

Depois de desligar e agradecer com um *"Danke*, Irina", o decano dos pesquisadores da "Autoridade Arqueológica de Israel" pulou da cadeira e pediu para eu segui-lo pelo corredor. Um aspecto que precisava encaixar como virtude na longa lista de defeitos que vi por lá, era o pragmatismo dos israelenses. Uma nação ameaçada, deduzi, não tem tempo para burocracias.

Atravessamos um andar inteiro com salas fechadas e alarmes piscando e usamos o elevador privativo no fim do outro lado do corredor. Ao entrar no cubículo o sistema exigia um tipo de chave de formato geométrico, cônica, que eu jamais vira.

As portas do elevador eram abertas e ele era muito veloz, mas não saberia dizer se subia ou descia. Pela primeira vez notei Haas perturbado. Chegamos ao que supus ser o último andar, e ele me deu as costas. A saída do elevador exigia uma chave que precisava ser encaixada. As portas, chaves e travas catapultaram minha sensação de pânico. Havia anos que não sentia aquilo. Veio o desconforto pelo emparedamento e, em minutos, minha visão já ficou entrecortada.

"Começou."

O segundo dos meus sintomas fóbicos, laringe roncando, também já estava lá.

De qualquer forma, saímos no último andar. A torre anexa era cercada por vidros espessos que pareciam blindados. Assim que entrei, parei. Contíguo ao prédio principal, havia uma visão panorâmica de boa parte de Jerusalém.

Se mais nada acontecesse, a viagem teria valido a pena. Era um instantâneo imperdível e lamentei estar sem a câmera.

Haas foi apontando para os pontos turísticos daquela perspectiva rara, como uma grande angular:

– Nem tudo se vê, mas, nesta área temos o coração histórico da cidade. O *Kotel*, e do outro lado o quarteirão muçulmano, os portões da cidade velha, as torres.

– Do lado de lá as outras mesquitas e o bairro armênio.

Haas parece mais calmo e desliza até o outro lado do vidro para assumir um ar de superioridade.

– Dá para ver? As pás de Moses Montefiori, o filantropo que precedeu Hertzl na grande ideia de nos trazer de volta para o deserto.

– Um moinho?

– Que nunca girou uma pá porque aqui não venta. O pó! Como se vê – Haas passa o dedo no corrimão de madeira–, esse pó alaranjado brota de toda superfície da cidade.

– O pó! – exclamei de volta, enquanto Haas já havia se virado para entrar em outro ambiente.

– Essa era a sala. Exatamente aqui o velho banqueiro costumava ficar. Dizem que fumava seis maços por dia, além do tabaco holandês que enfiava no velho narguilé. – Haas ergueu as pestanas e deu uma piscadela. Era óbvio que Rockefeller tragava algo além de tabaco.

– Depois, o milionário passava o resto do dia estatelado nos tapetes.

Dei mais uma olhada antes de entrar na última sala. Ela era toda de vidro fumê. Ouvi do meu guia:

– Temos que deixar aqui as chaves, e qualquer objeto metálico.

– Óculos?

– Tudo, tudo.

Havia uma mesa de alumínio levemente afunilada no centro. Abaixo, uma pequena rede metálica, mas flexível.

Notei as placas em hebraico e inglês com a palavra *Danger* num vermelho ameaçador "alta voltagem – risco de choque". Bem ao lado, duas caveiras estilizadas com o símbolo internacional de alerta para risco de descarga elétrica e contaminação química.

Passamos à antessala e entramos num recinto com um enorme pé-direito. Tive a sensação, física, de ter deixado o mundo precariamente conhecido para penetrar no nada e no imprevisível. O lugar não tinha aspecto futurista, apenas moderno. Muito mais simples do que eu esperava. Logo na entrada, uma mesa estreita e longa de aço e vidro. Atrás dela, uma placa branca fosca cheia de fios de cobre visíveis e aderidos à superfície que formavam redes de placas paralelas.

Simulacro de tecnologia, a gambiarra tinha requintes artísticos.

As placas não eram foscas, iam progredindo à transparência e assumindo estrutura triangular. Todas desembocavam numa estrutura larga e alta, semicônica, que ocupava todo o centro da sala. Uma tela não plana, que não tinha menos de quinze metros de altura por dez de largura.

Debrucei-me na grade de arame bem trançado que circundava a tela e vi um funcionário lá embaixo. Daquela altura ele parecia minúsculo, mas foi possível perceber a roupa de proteção.

Pela altura e arame frágil, tudo parecia perigoso.

A forte vertigem veio de um golpe. Recuei uns passos para, depois de uns trinta segundos, me reaproximar, desta vez com muito mais cuidado.

– Tudo bem? – se preocupou Haas

Concentrei-me naquele operário de roupa branca que se deslocava abaixo e o pequeno capacete controlava um gigantesco painel incandescente. Mais uma vez, o ambiente rodou.

A acrofobia[4] me impediu de seguir olhando para baixo, e precisei me agarrar mais firmemente à grade.

– Essa é a sala, talvez a única onde isso pode ser examinado, pelo menos aqui e na Europa – Haas atalhou.

– Artérias, lembra um cérebro de acrílico!

– Espírito brincalhão dos nossos engenheiros. Essa máquina tem mais que sistemas analógicos semelhantes ao cérebro. Aqui em Israel, no limite da exploração da terra e com a industrialização se aproximando da capacidade máxima, o que nos resta?

– Tecnologia!

– Exato, vendemos cérebro!

– Entendo, mas isso aqui...?

– Uma das mesas de imagens mais sofisticadas que você encontrará por aí. Absorve imagens de fotos, papéis, ressonâncias, radiografias e tecidos. Depois, compõe filmes holográficos em quarta dimensão, ponto a ponto. Chamamos essas imagens de holotramas. Não se trata de estereoimagens. É mais real que a realidade, nenhum olho humano sonha o que isso pode captar.

– Como se chama?

– *Opticamerum*, mas pode chamá-lo de Hol, esse é o apelido.

– E essas placas? Me desloquei para tentar senti-las com as mãos.

– Não... Mondale!! Afaste-se. São lentes de cristal e prata, mas a base desta novíssima tecnologia é o grafeno, um alótropo do carbono.

Inibido pela repressão, recuei enquanto ele prosseguia em sua dissertação.

4   Medo de lugares altos.

– Usamos a luz captada lá de cima por um satélite que nos manda a luz ampliada da magnetosfera. A luz fixa imagens. Imagine dar seguimento para uma imagem fotográfica. Imagine que, a partir dessa sequência, um filme inteiro possa ser montado, as vezes também é possível captar a trilha sonora original. Pode imaginar o potencial revolucionário disto?

Vendo minha interrogação ele foi mais didático:

– Imagine as lentes do Hubble preparadas para capturar imagens da Terra. Tudo isso tem a ver com nosso subsolo.

Devo ter dado novos sinais de que não entendi como aquilo funcionaria.

– Nada de petróleo, em compensação, temos mais relíquias arqueológicas por metro quadrado que qualquer nação no mundo. – Haas terminou a explicação satisfeito, dando um meio sorriso.

Ele então vestiu luvas de látex, daquelas cirúrgicas, para manusear o plástico e dele retirar a lâmina de papel escuro que eu havia entregue lá embaixo. Fotografou as imagens de várias angulações possíveis usando uma câmera Hasselblad com lentes esféricas que estava pendurada junto à porta.

Em seguida, fez um *scan* do negativo numa máquina comum. Prendeu o original numa chapa da mesa gigante que estava bem a sua frente.

– É complicado explicar, o que vamos fazer agora é transferir o negativo para o centro do cone. A melhor metáfora que alguém já fez disso é que esta máquina (fez um suspense usando a língua para produzir o ritmo e evitar o segredo) escreve poesia através das imagens.

"Incompreensível, mas eu não deixaria transparecer isso."

Haas insistia num discurso técnico que nitidamente preservava o núcleo do segredo. E apertava os lábios enquanto, sem muita habilidade, pilotava a máquina enigmática.

– Nossos especialistas fizeram uma releitura da câmera escura. Isso funciona com luz e lentes.

– Tecnologia militar? – insinuei provocando.

– Isso já foi um projeto militar. Quando fracassou – nos custou bilhões – perguntaram aos médicos se seria útil para eles. Eles recusaram, então nos ofereceram para ver se poderíamos dar algum uso. Aí nós entramos e investimos em duas direções: nanotecnologia e imagens fotográficas.

Não disse nada, mas simulava total compreensão para acompanhar a explicação.

–As descobertas que fizemos ativando e transformando fotos antigas, manuscritos, palimpsestos em holografias. Nós os chamamos de holotramas, pois estamos bem além das imagens holográficas comuns. Ninguém imaginaria o que foi possível descobrir.

"Ciência secreta, não falseável, a arma dos sem consistência."

– Ah sim? O que, por exemplo?

– Meu caro, não posso comentar, infelizmente. E só aplicamos a tecnologia há alguns meses. – Haas abre as mãos dando o troco. – Você deveria estar honrado, é o primeiro estrangeiro a pisar aqui... – E meu anfitrião abriu um sorriso cínico, mas tão bem-humorado que não me ofendi.

Antes mesmo de terminar, ele me estendeu uns óculos de neve espelhado. Eu estava tão entretido em examinar tudo que só o peguei quando ele me cutucou.

– Sr. Mondale, vou chamá-lo de Adam. Por que trouxe este material para o museu?

– Seu nome foi indicação de Iddo, do TecLab. Depois na Escola de Artes avisaram que vocês têm uma equipe para pesquisar imagens, na verdade arrisquei, na base da intuição.

"Quem ainda se arrisca por intuição?"

– Coloque a máscara...à ação. Veremos o que diz o holotrama.

Ele me encarou fazendo como que um "sim" discreto.

– Há alguns anos podemos gerar imagens de um éctipo. Sabe o que é? Uma cópia, mas aqui não se trata de uma cópia qualquer. Através da termorreprodução, usamos calor para obter os *arquivos de luz*. Para resumir trata-se de um processo inédito que captura isótopos extraídos da própria luz!

– Podemos comparar a uma impressora 3D talvez? Estava com medo de falar bobagens.

– Muito mais do que isso. A impressão em quatro dimensões é apenas o final do processo. Você vai ver, antes disso penetramos nos minimundos do registro. Não é mais uma reprodução comum. A comprovação aparece por comparação. Com Hol nós vamos muito além. A imagem que retemos na memória fica parecendo uma farsa perto da cena real que extraímos de fotografias e de documentos. O que criamos é mais do que o real.

– Mais real que a realidade… – Repeti, reflexivo, o que acabara de ouvir para tentar me convencer de que não estava no gabinete de um maluco.

"Trabalham com o que, o surreal, o irreal?"

– A verdade, Adam, é que nunca tentamos com negativo. Mas isso torna tudo mais excitante.

– O resultado – Haas, empolgado, não dava pausa em seu discurso – é que as imagens que geramos são mais fiéis à realidade que as imagens mentais. Como disse, nossa memória faz uma interpretação, ou seja, representa nossa apreensão sensorial. Nestes registros aqui nós obtemos um outro patamar de apreensão da interação olho humano-interpretação-imagem.

– Isso já virou um *paper*? O que disse a comunidade científica? – Só consegui um aparte quando Haas perdeu o ar.

– Não publicamos nada ainda. Somos apenas dois os pesquisadores que testemunharam os resultados preliminares. Irina chegou a afirmar que desafiamos o conceito do que é o original. Foi uma comoção indescritível quando trouxemos para cá os Manuscritos do Mar Morto.

Com tanta gente por aqui, uma equipe de duas pessoas? Como não me impressionei tanto, Haas me deu às costas e ficou a postos para complementar:

— E se você quer saber, eles têm toda razão!

"Só a realidade é mais real?"

Parecia tudo pronto para que iniciássemos a sessão. Quando fiquei no lugar indicado, Haas fez o sinal de que era hora de colocar os óculos.

— Quando entrar na sala escura, use. Isso aqui cega. Use sempre. Sempre! Entendeu, Adam?

Incomodado pela admoestação, me afastei de ré para me acomodar atrás, perto da porta blindada, apoiando-me no feltro e na borracha que revestiam a sala.

O arqueólogo ajeitou o negativo entre duas placas de vidro e o acrílico branco e se virou, sério, para me perguntar com muita formalidade:

— Você está preparado para assumir os riscos de algum dano ao material?

Sem esperar, Haas emitiu a ordem num microfone de lapela sem fio, provavelmente transmitida por alto-falantes lá embaixo.

Eu estava confuso demais para responder.

— Em todo caso, ainda temos o *scan* e também as fotos que você trouxe.

Fiz que sim.

— São somente essas da pasta?

Movimentei a cabeça mecanicamente. Não respondia nada e nem mesmo percebia se Haas se dirigia a mim. Quando ia responder, ele agiu no mais puro estilo israelense: criou o fato. Acionando vários botões ao mesmo tempo, o aparelho passou a emitir um som agudo.

O ruído progrediu para um chiado e virou trepidação.

Mesmo a três metros do motor que parecia ser o de uma máquina, minha traqueia vibrava. Pescoço e cabeça rodaram. Precisei segurá-la como se estivesse num simulador de voo.

Haas olhava para trás, e tinha na boca um sorriso tosco, parecia se divertir.

Se buscava cumplicidade não funcionou.

Amaldiçoei o aparelho, a experiência e aquele sorriso sacana.

Depois de um tempo – calculei, sei lá, entre vinte e trinta minutos – na verdade, foram apenas seis minutos e quarenta e sete segundos registrados na tela –, o som parou de uma vez.

De uma máquina pequena saiu uma luz de estupenda intensidade que cegou a sala. Mesmo com os óculos e de olhos fechados, a explosão de fótons provocou dor violenta atrás dos meus olhos. A sensação, identifiquei, veio de dentro do nervo óptico, me fez gemer e segurar a cabeça.

De repente, tudo cessou e nós dois abrimos juntos os olhos. Meu negativo ficou brilhante, parecia queimar. Uma luz espessa, tridimensional, começou a ser projetada na parede do cone.

Nunca vi nada tão nítido, a limpidez era uma pequena tela da realidade, fiz uma exclamação qualquer porque era mesmo excepcional.

Estava passando mal, mesmo assim não movi um músculo. Meu peito apertava e a dor se irradiou para o braço esquerdo e alcançou a mandíbula: considerei um início de ataque cardíaco.

Haas sentou, e eu a seu lado, e fiz uma pergunta qualquer sobre a natureza daquele experimento. Ele não respondeu. Perguntei de novo e ouvi:

– Não sabemos bem com o quê estamos lidando. Posso afirmar que nossos holotramas geram mais que imagens... há vida nessas coisas. Prometo que não falo mais.

"Que alívio."

– Você terá a oportunidade de ver um evento extraordinário.

Haas me encarou antes de atalhar

– É mais que reconstituição de registros... seus índios tinham razão quando fugiam das fotos.

Fiquei pouco confortável com a observação "seus índios", mas, controlado, tentava não emitir nenhum ruído para não estimular mais explicações.

– Como você sabe, os aborígenes tinham medo que a imagem aprisionasse as almas! O apelido desta sala é "ressurreição por imagens".

Agora "aborígenes", céus. Aos poucos me recuperava do amortecimento no maxilar, mas estava tão inquieto que as perguntas não saíam.

– Fazemos essas coisas estáticas falarem de novo. Isso é uma verdadeira máquina hermenêutica. Vamos à ação, e ver quem vamos ressuscitar desta vez.

Haas parecia orgulhoso e não esboçava a desconfiança de quem sempre lidou de perto com alarmes falsos. Fiquei imaginando quantas descobertas extraordinárias e *break-thoughts* não lhe ofereciam por dia no museu, em casa, nas viagens que fazia?

Ele ajeitou-se melhor na poltrona para se recompor e exigir de si uma atitude científica. Eu reconheci em sua postura os cânones científicos: só quando todas as hipóteses precedentes tivessem sido destruídas, elaboraria uma nova. Quando todas as hipóteses são semelhantes, dê preferência à mais simples.

Ainda sentado, Haas me perguntou:

–De onde foi mesmo que retirou esse... negativo... polaroide?

–*Makhpelá*... na verdade, um pouco distante da gruta, achei no centro de Hebron!

–Não me diga que você foi até lá? – Haas franziu a testa e sustentou a boca aberta para misturar censura com admiração. "Fanáticos! Só eles vão lá."

– Ônibus blindado! – Senti algum embaraço, sabia exatamente o que Haas estava pensando.

– Você sabe de toda a história? Já ouviu falar de Amy Tammar? Ninguém sério deu bola para aqueles boatos. Virou puro folclore. É que esses fanáticos…

– Fanáticos?

– Desculpe, eu o ofendi? Você é religioso?

– Já não sei. Religioso? Talvez? Mas não desse tipo! Mexi as mãos para me livrar dos rótulos.

Sem discernir bem o que era sarcasmo do que era agressividade na especulação, Haas respirou aliviado para retomar outro tema.

– Você mencionou uma gosma… que grudava.

– Seiva. Uma parte foi removida pelo pessoal do laboratório da avenida Jaffa. Seria bom se você pudesse pedir uma análise.

– Já, já, vamos saber… assim que a imagem se completar.

– Quanto tempo?

– Não sabemos. Mas veja – apontando para o cone – nada até aqui a não ser uma forma estranha na ponta da tela. – E fez um gesto depreciativo.

Nós nos interrompíamos algumas vezes e depois cedíamos ao silêncio prolongado. Havia a sensação física do constrangimento bilateral.

Com uma hora a mais as imagens estavam formando um quadro exótico. Mesmo assim, dois cientistas adultos tinham o dever de manter a pose. Diante dos tubos de ensaio a norma é ficar impassível.

– De cara, afirmo, não sei o que é, mas neste ângulo inferior – e me apontou com uma caneta a laser – a imagem parece um tanto bizarra! – Haas coloca o cabo dos óculos de grau sobre o canto da boca. – Qual a proveniência deste negativo? Pode-se deduzir muito pela origem da peça.

Ele me incomodava com tantas perguntas. Eu só conseguia olhar a imagem se formando. Os sintomas ameaçavam a vir de novo, e eu resistia. Resistia porque sabia que uma informação chocante estava quase chegando até nós.

– Você costuma comprar antiguidades? Recebeu esta imagem de um comerciante do *shuk*[5], pechincha no mercado de pulgas? Ou quem sabe comprou de algum *dealer* de raridades?

"Mais um trouxa fetichista que acha que comprou a pedra de roseta ou uma carta autógrafa de Flávio Josefo."

Eu estava distraído e preferia especular a responder o interrogatório de Haas.

"Onde foi que vi essa imagem?"

– Você acredita mesmo que eu desperdiçaria nosso tempo assim? – Respondia mecanicamente ao inquérito.

"A busca pela fama faz coisas incríveis."

A imagem se formava quadro a quadro no cone e Haas avisou:

– Pode demorar… talvez mais doze horas, me informou o diretor.

Em seguida, Haas atendeu um telefonema que o colocou em pé e aflito. Ligou por um ramal interno para a portaria do museu.

Ele me pede um minuto e comunica uma urgência, avisando que precisa voltar ao escritório.

– Vou pedir para lhe trazerem algo para comer. O que deseja? Pode ser café com *pretzl?*

---

5   Do árabe, "mercado".

Concordei, mas aquela súbita gentileza me fez duvidar dele. Ele mentia. Pensei numa armação.

Era quase fim da tarde e começamos a ouvir cantoria ao fundo:

– Que horas são?

– Dezoito e vinte.

Um canto agudo e o ganido dolorido começam a se arrastar o ar.

– Isso é a mesquita convocando os fiéis! Depois vamos ter que ouvir o barulho dos capotes pretos que rezam no Muro. Em Jerusalém, o fundamentalismo está bem distribuído por todos os lados! – desabafou Haas.

– Você acredita em Deus? – perguntei, incomodado com o tom depreciativo de Haas.

– Acredito em inferno! – respondeu de bate pronto.

Devo ter arregalado as pálpebras, mas sem me chocar.

– Sou um homem aberto, Adam, mas ninguém, muito menos turistas casuais como você, faz a menor ideia do que é viver aqui dentro, no caldeirão, mergulhado no conflito.

Haas finalmente deixou a sala e fiquei sozinho observando a tela.

Cinco horas depois de alguns cafés com creme não *dairy*, sem leite, bolachas salgadas com gergelim e uma água intragável, a imagem aos poucos chegava. Eu dormia e acordava para ver o que o que aquele enorme cone dizia. A imagem era continuamente repaginada, mas ainda parcial e indefinida.

Era possível distinguir dois pés de corpos descomunais, mas não se poderia jurar mais nada.

III

Tolstói e o Paraíso Perdido

Quando contei meus planos literários, Assis Beiras escreveu uma notinha e me mandou.

"O leitor só terá uma obra de arte se o escritor estiver a salvo de demandas externas"

Conforme meu afastamento da universidade foi se definindo, ensaiei uma volta ao ambiente literário. Sem uma rede de contatos, tive que recorrer às oficinas literárias.

Um ano antes de ganhar aquela bolsa, o interesse por literatura russa me levou àquela que seria minha primeira e última aproximação com *workshops*. Fui ouvir a palestra do tataraneto de Tosltói. O escritor russo me interessava por uma particularidade: um mito redentor que dizia estar ele enterrado em seu próprio quintal. A busca acima de todas: a varinha verde.

Na história narrada por ele a descoberta acidental da varinha, enterrada em local ignoto na propriedade de Iasnaia Poliana – levaria o mundo ao estado ideal.

Iasnaia Poliana, propriedade do clã familiar dos Tolstóis há muitas gerações. Todos descendentes de uma linhagem da aristocracia russa. Na revolução de 1917, a fazenda foi salva dos incêndios revolucionários quando camponeses a circundaram usando seus corpos como escudo.

Quase no fim da Segunda Guerra Mundial, Iasnaia Poliana foi protegida pelos mesmos trabalhadores ao ser pilhada pelos nazistas em retirada quando o Exército Vermelho se aproximava.

Na versão de Tosltói, mesmo que os povos não soubessem disso, todos, em todas as gerações, desde que a Terra fora criada, estavam à procura de algo análogo àquele bastão verde.

Essa poderia ser uma pesquisa legítima, pensei

"O paraíso perdido, ou, a polissemia da era messiânica"

Quem É Peculiar?

Os dias em Israel simplesmente não passavam. Não era um tempo ordinário. Não me lembro ter passado tantos dias sem conversar com ninguém.

Diariamente vagava pela cidade velha em busca de flagrantes fotográficos. Nada de clicar nos pontos turísticos. O que eu não perdia eram os tipos religiosos, pessoas com trajes curiosos e andarilhos trapistas. Num desses dias, em meio às centenas de fotos acumuladas, parei num café para uma observação antropológica regada à cerveja.

Ali notei que alguns turistas orientais também queriam guardar na memória as figuras exóticas daquele estranho lugar. Eles me consideraram bizarro o suficiente, e desta vez, numa espetacular inversão, era eu quem estava sendo fotografado. Bizarro mundo e bizarras inversões.

Então, quem é que é peculiar? O que vim fazer aqui? Descobrir o que é ser judeu? Observação etnográfica? Saber como vivem os palestinos? Os árabe-israelenses? Medir as diferenças no Índice de Desenvolvimento Humano?

Durante algum tempo me enganei considerando a emancipação e a liberdade as conselheiras mais libertadoras. Ao mesmo tempo, virtudes que nos isolam do mundo. E para que se preocupar? Agora já não faço parte de mais nada.

"Pensamos que sim, gostaríamos que sim, mas a assimilação está estruturada no esquecimento. Temos dúvidas, nada é tão certo assim. Ninguém superou nada, nem a ancestralidade nem a visão de cultura. Sem querer, involuntariamente, pelo menos em uma coisa a contracultura *hippie* dos anos 70 acertara a mão: se colocarmos tudo na balança vão sobrar mais coisas imponderáveis que mensuráveis."

Eu não era suficientemente religioso, secular, suficientemente conservador ou reformista. Sempre fui um não alinhado. Estava nas margens, em relação aos psicólogos, aos escritores, e era um desconhecido dos círculos sociais.

Com muito tempo ocioso, comecei a fazer longas caminhadas a esmo por becos e vielas. Sob a chuva fina, num fim de tarde com cinco graus, punha-me a percorrer as ruas sem destino. Na pele, incorporei o que deveria ser a vida de um cachorro perdido ou de um pedinte. Passei por maços de lírios esmagados no vaso, uma lata de tâmaras em conserva jogada no asfalto, pelo brilho fosco das pedras molhadas.

E enfim tive uma visão: bem no meio de uma avenida grande e comprida um grupo de jovens com longos *peiot*[6], vestidos como rastafáris dançavam um reggae idische. Os carros buzinavam, alguns passavam perigosamente em alta velocidade, bem rente ao corpo deles.

Levei as mãos à cabeça e corri para arrancá-los de lá. Ao menos uma emoção de perigo e êxtase.

"Serão atropelados."

Mas nem cheguei perto. Não tive coragem. Eles teimavam no balé perigoso. Mantinham-se em círculo, dançando sob a ameaça dos carros que buzinavam e relavam em suas roupas. A euforia silencia qualquer medo.

Uma brutal inveja me tomou de vez:

– Mas que alegria é essa?

Precisava penetrar ali para viver mais, para ser um deles. Foi para isso que vim. Ser e sentir o que sentiam. Ali e agora.

Hesitei, dei mais um passo. Parei bem ao lado da pequena turba! Era a alegria maciça, raivosa, um desafio diante do mundo real nocivo e arrogante. Foi com muita dor que

---

6 Hebraico, plural de *peiá*, borda. Cachos de cabelos laterais usados pelos judeus ortodoxos.

descobri que eu não era um deles, estava longe de ser um deles! Conhecia aquela sensação: a clara consciência daqueles que despertam sem passar pelos estágios intermediários entre sono e vigília.

– Um judeu não pertencente a porra nenhuma! Esse sou eu!

Uma voz lá de dentro se manifestava:

"Vocês só estão vivos por causa deles."

"Deles". Eram eles, esses místicos cabeçudos que assumem o fervor em público. Que cantavam por pura insurgência contra a lógica da condição humana. Só por esse detalhe, dizia meu sogro, "a tradição resistiu à corrosão". Foi o primeiro momento em que comecei a me estranhar. Ainda sob o impacto de ser um forasteiro invisível à minha própria tradição, formulei uma síntese: aquele estado de não pertencimento não estava condicionado nem às vestimentas, nem ao idioma, nem a minha falta de conhecimento em relação à tradição.

Nada como o mundo empírico: semanas atrás não me reconheceria no que acabava de escrever.

"Por onde andam os meus parâmetros? Onde foi parar todo o sistema de notação?"

Enfrentei a náusea e logo depois veio uma vontade controlável de juntar-me a eles. Desapareceu tanto meu ímpeto jornalístico como o desejo de fotografá-los. Eles não eram mais um amontoado de seres pitorescos. Eram admiráveis desafiadores do prognóstico pessimista universal.

– A razão, nada mais que a razão, que Deus nos ajude!

O Bilhete

Parei para fazer uma retrospectiva da trajetória que me levou até aquele negativo. Uma sequência nada intuitiva.

Assim que coloquei os pés no Muro das Lamentações ouvi os gritos. À minha direita, uma menina estava sendo arrastada pelos pais. Ela não conseguia enterrar o bilhete na parede espessa da muralha. Dizem que nas madrugadas os manuscritos que "caem" depois de depositados nas frestas do *Kotel* são varridos para dar lugar aos novos. Estão todos enterrados por lá. Varridos, devem ir parar numa espécie de depósito de inéditos que ninguém lê.

"Desperdício. Dariam um bom resumo dos desejos humanos."

O pai ergueu um pouco mais a menina e com o braço esticado ela o espetou na fissura entre dois enormes blocos de pedra bege que compunham a edificação. Eles imediatamente se viraram indo embora. Foi quando percebi que o bilhete caiu. O pai nem notou, a menina sim.

Com os olhos pude sentir o que ela me pedia. Precisava interceder. Quando eu a olhei de volta, ela já não olhava mais nada. Foi se afastando pendurada no pai, vidrada no papel amarelo não postado. O pequeno tubo caiu aos pés da muralha. O desejo da menina não cravado no Muro não poderia ser lido.

Foi quando Assis Beiras interveio:

– Rezas só são aceitas através de registros orais ou escritos. Não basta formular um pensamento. Deus é poliglota e aceita todas as línguas, e até acata as intenções sutis insinuadas, mas não pronunciadas.

A menina arrastada pelo pai protestava. Tive tempo de segui-los com os olhos. Fiquei inquieto pelo modo desajeitado com que o pai dela a carregava nos ombros. Tudo com o aval omisso da mãe que os esperava depois da rampa de acesso ao muro. Ela se afastava, resignada e chorando.

Retrocedi, apanhei o bilhete enquanto um faxineiro varria outros desejos rejeitados. E quem se importaria com pedidos transmitidos a um muro?

Só eu parecia achar que alguma coisa precisava ser feita. Discretamente embolsei o papel. Saíram pelo portão de Damasco e eu tentei alcançá-los como um lobo sem olfato.

Guiado por um impulso nada nobre, na verdade hostil, resolvi segui-los. A garota ainda estava sendo balançada nas omoplatas do pai como um saco de tubérculos. Os lábios da garota ficaram grossos e os olhos, enfurnados numa atmosfera de vidro.

Avancei uns passos e não sabia se deveria. Finalmente subi a rampa e os vi sumir no meio das escadarias. Por que simplesmente não enfiei aquela requisição celeste de volta e acabei com o drama?

Muitas histórias podem se encerrar na hora, basta que o interlocutor abandone os detalhes. Segurava e largava o bilhete no meu bolso, ouvindo o vento agitar a bandeira israelense hasteada na entrada do muro. Sentei no chão, ao lado da murada, esperando a intuição. Exatamente quando ela não chega.

Caminhei esperando encontrar a menina. Subi de novo e vasculhei entre as paredes e labirintos daquelas quadras. Elas que já fizeram por merecer a fama de lugar mais tenso, do luar de maior júbilo, das facas mais afiadas, da glória excelsa, das mortes anônimas, do patrimônio escandalizador, da beleza opressiva.

Escalei as escadarias com o máximo cuidado. Não via mais ninguém em frente, nem atrás. Deveria voltar?

Naquela noite, mais uma vez, medo passou a ser a emoção dominante. Imagens de facadas, estrangulamentos e diversas modalidades de asfixia e tortura pressionavam minha cabeça.

Ouvi choro e gritos, vinham de uma comemoração muçulmana. Um noivado. Curioso com a melodia envolvente, dei só uma espiada no salão, dali em diante meus passos ficaram cada vez mais céleres. Eu queria aproveitar a peregrinação, mas só conseguia esmagar o bilhete no bolso.

Infantil. Quase sessenta anos e eu ainda era uma criança que ainda buscava respostas. Mas não havia mais crianças ou respostas.

Cruzara com soldados *teenagers* do exército israelense, protegidos atrás de barracas de lona. Atravessei ladeiras e vielas nas quais grupos de jovens árabes jogavam futebol usando latas e garrafas plásticas contra um gol demarcado por cascas de romã.

No trajeto, um garoto árabe de cinco ou seis anos olhou para mim e me agarrou pela barriga.

Para meu total constrangimento a criança só dizia:

– I love you!

"I love you?"

Só poderia estar brincando. Uma gozação?

Fiquei sem saber como responder. O garoto tentava me arrastar sem dizer para onde nem por quê.

Apenas repetia

"I love you!".

Me esquivei com a máxima delicadeza e continuei minha ascensão. Segui sozinho passando por ruas vazias, corredores imensos, andei em círculos no labirinto até retornar ao *Kotel*. Foi mais de uma hora de buscas e agora o muro estava completamente vazio.

Nem sinal da família. Não desisti. Mudei de lado da calçada e voltei à caça procurando do outro lado. Jerusalém à noite é um deserto esponjoso, milhões de reentrâncias, sinuosidades e ecos. Não havia mais trens ou ônibus circulando. Os comerciantes árabes praticamente já tinham se retirado do *shuk*. A mulher que recolhia os cestos com alimentos imprecava maldições breves enquanto sacudia um maço de couve. Estava justamente correndo para contornar o lugar quando levei um tombo espetacular. Escorreguei em pedaços de verduras cortadas e me cortei nas pedras. Ignorei tudo para poder me levantar rapidamente.

A dor era violenta e precisava gritar, mas nada saía, ou entrava. Sangue ralo vertia do meu antebraço e eu precisava de uma bandagem. Improvisei uma com o cachecol. Como a ponta do dedo e a palma da mão estavam com escoriações, a perna machucada, eu já não me movia com facilidade.

Na noite gelada me reergui sob a observação atenta e inerte de uma dupla de soldados com metralhadoras.

Nenhum Prazer
nas Crises Existenciais

O bilhete da menina era bicolor, amarelo e branco, escrito em hebraico em letras indecifráveis.

"Recolocar o bilhete de onde nunca deveria ter sido removido? O que aquilo tinha a me dizer? Talvez nada. Isso era o que mais me irritava no discurso religioso padrão. Tudo significa algo. Mas e se não significar nada?"

"Mas por que sempre à beira desses acontecimentos aleatórios? E se coincidências fossem apenas coincidências?"

Sempre há risco em se abrir ao imponderável.

Mas, e se não? E se toda minha vida dali em diante só pudesse fazer sentido se decifrasse o bilhete?

Na verdade, só admitiria entre quatro paredes: fui seduzido pelo papel do herói.

E se tudo o que precisasse fosse ler a manchete:

Poeta Salva Menina.

E ali não era um lugar qualquer. Era o pavimento projetado por Herodes, o rei-cliente de Roma. O "tapete" construído para agradar a todos, romanos e judeus, gentios e crentes. Das ruas às paredes que embelezavam o templo.

Eu não saberia dizer se gostaria da grandiosidade do segundo templo sob a gerência presunçosa de Herodes. Daria preferência à leveza e à agilidade do tabernáculo móvel do deserto. Reconhecia que estava num beco sem saída: não poderia mais assumir meu ceticismo e não aceitaria a submissão cega aos ditames dos cânones religiosos.

Mais uma vez consegui a façanha: não estava em lugar nenhum.

Voltei mancando ao apartamento com uma dor latejante na coxa esquerda. Já tinha perdido o prazer das crises existenciais.

Era noite e eu não conseguia enxergar a saída simples: bastava dispensar o bilhete em algum bueiro, deixar sobre a mesa do apartamento ou só amassá-lo e esquecer para sempre.

Mas encarei a possibilidade como um abandono e ainda atribui um nome aleatório para a menina:

"Ester."

A menina estaria em algum canto chorando pela mensagem não depositada. Tratava-se, isso sim, de corrigir uma injustiça. Assis Beiras apareceu pisando em minha sombra enquanto eu escovava os dentes:

– Qual seu compromisso moral com essa gente? Vá lá e enfie esse troço de volta! Por que você sempre se intromete?

"Não é o que vivemos pedindo a Deus?"

Desafiei os conselhos de Assis Beiras e, por minutos, horas e dias, duvidei das minhas motivações. Cheguei à conclusão de que só poderia descobrir se lesse o tal bilhete. Esperei amanhecer fazendo refeições sucessivas. Precisava achar um local onde poderiam traduzir aqueles garranchos com caracteres hebraicos. Pesquisei na internet e vi que o Arquivo Municipal ficava a duas quadras.

Era domingo, o primeiro dia útil em Israel, o tal arquivo estava em reforma. Segui até o lugar em que tinha comprado tintas e cadernos no segundo dia. Eram só dez quadras. Andei firme até lá, onde todos também falavam inglês, *a única* língua no século XXI.

Na Biblioteca da Escola de Artes, a bibliotecária que já me havia atendido no início da semana foi receptiva.

– Olá, lembra-se de mim?

– O senhor comprou papel canson e tintas para aquarela. Confirmei e fui objetivo.

– Poderia traduzir para mim?

Desovei o rolinho amarelo embrulhado na mesa de madeira escura da moça.

Só então vi que havia informação dos dois lados.

A moça sorriu, ironizando a simplicidade do pedido.

– Só isso? – Apontou para que eu confirmasse. – O que está escrito com essa letra de criança?

Indiquei que sim.

– D-us... – e ela olhou bem nos meus olhos antes de se ajeitar para prosseguir:

– ...fale comigo.

– Só isso que está escrito ai?

– Sim, "Deus, fale comigo"; é o que está escrito, senhor.

Agradeci e, antes que pensasse em gratificá-la com vinte *schekels*, me refugiei em meu apartamento.

Entrei, olhei sob a luz o verso do bilhete. Havia um selo e um carimbo ao lado: era uma coroa, com a letra hebraica *mem* (מ) bem em cima.

Com a luz identifiquei um rótulo. Na verdade era um selo. Um selo comemorativo da retomada da cidade de Hebron, carimbado com a data postal 18 de agosto de 1967.

Ainda com o rolinho na mão e com sede abri a geladeira. Tirei suco de uva e me sentei ruminando o mau humor na poltrona rente à janela, olhando o sofá vazio. Pensei em Emma e lembrei da última noite antes de embarcar. Dormimos encaixados e embarquei na letargia sensual da ausência.

Era inútil, balancei a cabeça e voltei à mesa. Escrever era um processo que exigia silêncio e os efeitos colaterais já conhecidos: misantropia, egoísmo, desgosto extremo, até encontrar algum encaixe satisfatório, vale dizer, provisoriamente satisfatório. As pessoas não têm ideia de como é difícil escrever, como é raro achar a forma, e só há uma. Fiquei com a frase na cabeça "só há uma forma de dizer o certo"

Chega uma hora em que o autor precisa se descolar, sem os esquecer, dos leitores-alvo.

Eu detestava pensar em leitores-alvo assim como em público-alvo e tiro ao alvo.

Na minúscula banheira na qual um terço do meu corpo sobrava de fora, pensando horrores das minhas perspectivas.

"Já vi tudo. Essa ficção vai demorar, a bolsa terminará e no fim não terei um livro."

Mas a ficção chegaria. A maior parte das vezes sem que o escritor se dê conta de como as palavras foram embaladas naquela exata disposição. Uma a uma e já estão lá, justapostas na decantação que não tinha nada de automática. Assis Beiras tinha sintetizado muito bem:

– Para além da vaidade aparente, o escritor age sob a angústia que excede a média. Tudo concentrado no desejo que temos pela imortalidade.

Mais uma vez desembrulhei o bilhete amarelo e notei que estava úmido nas bordas.

– Por que a garota pediu uma conversa com Deus?

Fui atrás da única pista.

Aí veio Hebron.

Hebron

Depois que descobri o bilhete, obcecado, precisava saber o que havia naquela cidade. O ônibus blindado dava o toque excitante – que não entendi até ouvir histórias dos colonos residentes que moravam nos arredores. O exército e sua presença ostensiva, os minaretes barulhentos, um colono que andava armado. O clima era de alta apreensão.

Vendo a terra, hoje estéril, lembrei do poema "Terra Devastada" de T.S. Eliot. Antes o vale fértil dos hititas, hoje terra seca, com ruínas, escavações e construções pela metade. Tudo graças ao *status quo* de sítio intocável da cidade, declarada patrimônio histórico pela Unesco em 2010.

Dinastias de várias nacionalidades e etnias foram tentando fincar pé ali há mais de dez mil anos. É uma cidade toda escavada. Prospecções a céu aberto se encontram espalhadas por toda cidade, as mais antigas datavam de 4.500 a.C. O resumo de Hebron se dá sempre em dois *fronts*: a narrativa da sucessão dos massacres e a batalha permanente para obter a posse daquele lugar.

Hebron, cidade localizada numa montanha da Judeia, a quarenta quilômetros de Jerusalém. Fora uma das cidades de refúgio – abrigava acusados de assassinatos e gente ameaçada. De lá o monarca David estabeleceu seu reinado.

Antes mesmo de vê-la por inteiro da colina eu já havia entendido, o lugar tinha denso lastro histórico. Ao lado de Jericó e Petra na Jordânia, Hebron era um dos locais urbanos mais antigos da Terra, onde registros arqueológicos datavam a presença humana dese 11.000 a.C.

A primeira transação comercial com registro da história foi feita ali, pelo pai das duas nações:

"Abraão entrou, sentiu o aroma só presente no Grande Jardim. Então soube."

Já a fortaleza de Makhpelá era composta de uma espetacular muralha retangular sem teto reerguida em 20 a.C, originalmente projetada por Herodes. Foi reedificada pelo governo bizantino que fez dela uma basílica quando o complexo foi transformado em igreja. Os persas destruíram o castelo quando tomaram Hebron em 614, reconquistada pelos muçulmanos em 637. Os cruzados os derrotaram e erigiram a maior parte do prédio em 1100 e, após mais uma reconquista árabe em 1188, Saladino transformou o lugar em mesquita, conhecida como Al-Haram al-Ibrahimi Al-Khalil, algo como "o lugar sagrado" (*haram*) de Abraão (*Ibrahim*) em Hebron (*Al Khalil*), الحرم الإبراهيمي.

No século XIII, a governança mameluca proibiu a entrada de não muçulmanos no complexo, proibição que a partir de 1929 se prolongou através do mandato britânico na Judeia. Os não islâmicos estavam autorizados a ficar do lado de fora, na escada que terminava numa humilhante janela. Sete degraus e era só. Na prática, a proibição para o acesso de judeus e não muçulmanos vigorou até a guerra de 1967.

O atrativo não era exatamente Hebron, mas a Makhpelá, a tumba onde, segundo a tradição, estão sepultados Abraão e Sara, Isaac e Rebeca, Jacó e Léa. Outras fontes incluem na lista Moisés e Tzipora e… Adão e Eva.

Segundo o *Zohar*, afirmou o cicerone, ali estão dispostas as portas de passagem para o Paraíso do Alto. Por contraste, conclui, havia a esperança de um "Paraíso de baixo"

Mas a tradição ia além, os homens que fundaram a humanidade, Adão e sua companheira descansavam ali. Criado do pó, o vínculo mais primitivo com ascendência humana, o primeiro espírito consciente. O homem primordial era também o autor do inconsútil *Livro de Raziel*, que guiava a humanidade até esta encontrar alívio para as ameaças.

Para um lugar tão elevado, a animosidade era máxima. Todos pareciam dispostos a morrer pelo lugar. Dada a presença de observadores internacionais, nenhuma pedra era movida do lugar há quase quarenta anos sem que graves encrencas surgissem entre árabes e judeus. Naquela região, qualquer fagulha causa uma reação em cadeia.

Hebron era o segundo lugar mais sagrado para os judeus, a área mais nevrálgica da região.

As ruas viviam cheias de "observadores internacionais" que se acostumaram a acusar os judeus de serem os únicos violadores dos acordos. Não era exatamente surpresa para um povo que nunca gozou de simpatia inata.

O mundo sempre surpreende com suas notáveis transformações, os acordos de Oslo estavam superados, a Primavera Árabe, cooptada pelo califado fascista, mostrava sua incompletude. E o novíssimo ingrediente, o inimaginável recrudescimento do antissemitismo na Europa. Com o assassinato de Yitzhak Rabin, Palestina do norte e do sul, dissolução da Síria, expansionismo xiita, Estado Islâmico e sem lideranças verdadeiras, todos os contratos envelheceram. Simplesmente não existia uma solução criativa que desse novo encaminhamento à tensão, que reabrisse os caminhos da paz, bloqueados há décadas.

A dor de cabeça crônica esteve sempre no ar assim como a contagem regressiva para mais guerras. Em Tel Aviv haviam me recomendado o livro *Sociologia da Ignorância*. Maldito e esgotado, recorri a um artigo que resumia o livro. Parecia ser um ensaio contraconspiratório que demonstrava que o estado de ignorância era a chave para a compreensão daquele conflito sem fim, mantido, subsidiado e explorado pela estrutura política dos dois lados. De todos os lados.

No entorno de Hebron vive uma população árabe de 150 mil pessoas e o entroncamento judeu abrigando cerca de oitenta famílias, umas seiscentas pessoas que não parecem infelizes por ter trocado o conforto de Miami por acomodações precárias em contêineres.

Era uma presença eclética, escritores, médicos, rabinos e comerciantes. Eu me esforçava em buscar a neutralidade, mas tinha dificuldades em me conter quando as posições desciam aos extremos.

Um dos sujeitos falava por parábolas, e nas poucas frases sempre havia uma mensagem sentenciosa.

– Vamos mostrar força! Que venham os conflitos! – bradava o sujeito.

"Em qual mundo ele vivia?"

Mas aquela figura ilustrava bem o estado das coisas. De dentro de seus olhos claros e calmos (fanáticos são gentis até sacarem as facas), apoiado sobre o balcão da cozinha, enquanto mostrava orgulhoso sua casa-contêiner, cheia de perfurações de balas.

Nunca fui um pacifista estúpido, mas não me convencia de que estava diante de um herói. Mas também não poderia deixar me enganar: alguém era herói?

Do outro lado, milícias palestinas praticavam tiro ao alvo com a cabeça dos colonos, conspirando com ameaças e atentados terroristas. E nas bravatas dos dois lados, e bem atrás delas, não estava só o sonho político, e sim o que atraiu legiões, reis, devotos, assassinos e invasões bárbaras.

O que durante séculos gerou peregrinações do mundo, de todas as crenças e nacionalidades.

Eu sentia que precisava, vale dizer, tinha obrigação de defender minha tribo, mesmo que fosse sem alinhamentos automáticos. A disparidade era absoluta: judeus nunca tinham benesses da opinião pública do mundo. Associado ao uso da mídia internacionalizando o conflito, o contexto dava aos árabes uma vantagem considerável: a de vítimas indefesas contra um inimigo poderoso. Não importa o quanto essa condenação prévia entrasse em contradição. Mais de cinquenta por cento das vezes os israelenses eram mais vítimas que algozes num conflito que, antes de tudo, já havia se tornado mais chato e insustentável do que trágico.

Como é que ninguém achava perturbador a hipótese de que os restos mortais do primeiro homem estivessem ali? Se era isso mesmo, todas as disputas arqueológicas do mundo se justificariam.

Uma vez isso comprovado, estariam ali, ao mesmo tempo, a maior descoberta científico-antropológica de todos os tempos e um fato impactante o suficiente para reunir a humanidade e acabar, de vez, com toda a carnificina.

Eu estava sendo cada vez mais prudente e intolerante com meu próprio entusiasmo. Achava que, por hora, o que precisávamos era de menos mitos e mais fatos arqueológicos.

As escrituras não mentem. Mas agora a disputa por territórios sagrados se transformou num torneio pela posse de evidências científicas.

Nenhum dos lados estava consciente da importância do solo em que pisava. Mesmo assim, todos se igualavam em predação. Eu não conseguia me envolver com a religiosidade ou com a tradição. Era cedo para concluir, mas meu coração não era mais o mesmo.

Pensei em recorrer aos conselhos de Assis Beiras.

Suas aparições foram ficando cada vez mais aleatórias. Não dependiam da minha vontade nem eram suscetíveis à convocação.

Pelo menos uma coisa ficou clara: em Hebron havia mesmo qualquer fenda invisível. De um lado, minaretes e árabes, do outro, sinagogas e colonos, laicos e religiosos e o exército entre todos eles.

Escrevi naquela tarde:

"Os dois lados têm o mesmíssimo fervor. Por que homens e mulheres fervilham em torno desses túmulos? Uma disputa que tem milênios de duração? A falta de um acordo mínimo tinha que estar para além das inconsistências diplomáticas. O que tanto veneram?"

Mas para todos eles ali, aquilo fazia pleno sentido. E o sentido passa pelas entranhas. "A cabeça não pode entender, é com o ventre que se enxerga mais adiante."

E tudo isso senti em Jerusalém, muito antes do psicólogo da Universidade de Tel Aviv ter me alertado:

– Em Jerusalém, todos ficam fanáticos. Sem exceção.

"Sim, fanáticos, pela história!"

Eu me incluiria na relação.

Não só pelo fundamento religioso que arremessa o coletivo na lei *ipsis litteris*, mas também pelas evidências: as "verdades" que carregam nas costas estão ali, nas pedras, nas tumbas, nos registros físicos. A história produz efeitos. Então, uma nova hipótese: é a interpretação da história que nos torna fanáticos, não a religião

Achado no Oriente Médio

Uma particularidade me fez viajar com a cabeça no registro de imagens. Eu selecionava as fotos que iria imprimir quando, quase à revelia, notei o detalhe.

Eu tentava saber se era a providência que operava por pequenos indícios ou estava diante de acasos sequenciais. Nesse caso, hesitei, deveria aplicar a estatística?

Hebron, século XVII. Uma noite de tempestade de deserto, faltava alguém no quórum mínimo de judeus para rezar. São necessários dez. Em meio à violência das águas, do nada, surgiu uma figura que ninguém conhecia. Completou o quórum e, após a reza, sumiu como apareceu, sem deixar vestígios. Essas historinhas que às vezes me irritavam talvez não provassem nada, mas eu não precisava de um aval estatístico para saber que estava diante de condicionais seriadas muito abaixo das probabilidades.

A primeira imagem fotográfica que fiz em Hebron foi exatamente nessa sinagoga reconstruída: um pergaminho subsistente do *pogrom* de 1929. A comunidade fora chacinada pelos jordanianos. Tudo começou com boatos infundados de que uma guerra estava em curso; os comentários surgiram nas cercanias de Jerusalém e se espalharam por toda a Judeia. Os colonizadores britânicos, atentos aos massacres, enviaram "ágeis" tropas dois dias depois, quando tudo já estava decidido.

O pano que cobria os rolos tinha uma coroa estampada. Forçando um pouco, registrei alguma semelhança com a que estava ao lado do selo na carta de Ester.

– O que significa esta coroa? – perguntei ao guia com quem não simpatizava muito.

– Uma representação do "Rei Messias" – ele respondeu secamente.

Estranhei e pedi detalhes

– Alguns acham que tudo acontecerá aqui.

– Tudo o quê?

– O anúncio da era messiânica! Acontecerá exatamente aqui, – disse mais uma vez mecânico, como se fizesse anúncio de uma churrascaria ou telemarketing de casa de *burekas*. Notei que eles tinham o hábito de desprezar perguntas pelas quais não esperavam e não gostavam de gente desconfiada. Eu estava duplamente perdido.

– Por que aqui?

– Aqui nascem as profecias – desta vez ele falou bem baixo e franziu os cenhos, indicando fim da linha para mais perguntas.

Já que era assim, eu me pus a fotografar. Olhava tudo com atenção: crianças brincando em *bunkers* a céu aberto, religiosos com pistolas automáticas na cintura, moleques árabes e judeus, separados, cada um jogando futebol entre seus próprios muros.

E eu entendia perfeitamente: aquilo tudo era o direito à autodefesa. A esquerda conservadora poderia estrilar, mas para os judeus aquilo há muito deixou de ser uma questão de ideologia. Todos tinham direitos iguais sobre aquelas terras, mas, enquanto isso não fosse compreendido por nenhum dos lados, ninguém ficava com nada.

E só percebi na terceira vez, sentado no terraço da casa de alguém que nos acolheu com rosquinhas duras e Coca--Cola. E só quando voltava ao ônibus dei pela falta de algo.

Esquecera a mochila com minha máquina embaixo do banco do templo. Voltei correndo com um dos guias – mais aflito do que eu – e, quando cheguei, desacelerei antes da entrada estreita. Todos silenciaram quando irrompi e, aliviado, recuperei meus pertences debaixo de um banco de madeira. Saí agradecendo, com acenos envergonhados.

Mas só então tive acesso aos registros enquanto rodava o controle do obturador da Cannon EOS. Estava sentado no banco avaliando minhas fotos enquanto algumas pessoas do grupo rezavam. Só com muita imaginação alguém poderia presumir o que era a imagem escura ao lado da cúpula.

Eu me lembrava de ter fotografado uma longa sequência de dentro da sinagoga. Agachei-me no canto esquerdo da *bima*[7], num ângulo difícil e improvável, encantado com a simetria e a luminosidade da cúpula de vidro. Uma câmera grande e cara produz efeitos. Os demais membros e turistas me olharam com respeito, como se fosse exímio fotógrafo.

Eu não conseguia parar de olhar a foto. Usei o zoom e os recursos que raramente sabemos que os eletrônicos têm. Primeiro achei que não era nada além duma mancha. Supus que era sujeira da lente. Tirei o protetor e olhei para me certificar de que não havia nada grudado, desmontei a teleobjetiva e então a poli com o papel de seda especial.

A imagem persistia. Um papel escuro. Olhei para cima forçando a visão. Tinha mesmo algo lá? Ainda sentado, ampliei a imagem usando mais uma vez os recursos da câmera. Talvez não tivesse dado a mínima se não houvesse escutado as histórias narradas duas horas antes, dentro da Makhpelá.

---

7   Plataforma de onde se lê os rolos do Pentateuco.

Makhpelá – מערת המכפלה[8]

Segui com o grupo de turistas, todos subiram as escadas e pararam no pátio cercado por plátanos e figueiras milenares. Muitos se sentaram nos bancos de concreto, outros, no chão, enquanto o rabino que arrecadava fundos veio contar histórias do lugar. Desconfiado, fiquei esperando o momento que ele passaria o chapéu para recolher doações. Na verdade, estava mais interessado em analisar a divisória que rachava o local em dois desde que um colono americano fanático e suicida metralhou pessoas que rezavam.

A partir daí, pelos acordos de Wye Plantation, a gruta fora dividida: mesquita de um lado, sinagoga de outro.

Estava no meio de uma excursão, mas a fobia social e a atenção a um só tema me monopolizaram. Isso sempre acontecia. Seria tomado como esnobe e mais uma vez não teria forças nem saco para corrigir o estereótipo. Eu tinha um ouvido flutuante e não prestava atenção em quase nada daquelas explicações padrão. Mas tudo mudou. Completamente. Já do lado de dentro, o rabino cicerone chamou todos ao canto para cochichar uma história pouco conhecida.

– Assim que a Guerra dos Seis Dias terminou…

Aquela narrativa me desmontou.

Muito tempo depois, em retrospectiva considerei: "Tinha que ser essa a mensagem".

E foi assim, acreditando que as histórias estavam sendo montadas pela mão invisível da necessidade, que fui estabelecendo a convicção. Naquele exato instante veio a decisão arriscada. Desloquei-me da turma e decidi voltar sozinho ao centro da cidade para escalar o andar superior da sinagoga.

---

8   *Me'arat ha-Makhpelá*, em hebraico, lit. gruta das tumbas duplas.

Disfarçadamente, ganhei o terraço externo, pulando a pequena grade, enquanto observava, lá do alto, transeuntes se dispersarem pelos arredores. Apesar das rusgas sazonais, sabia o risco que corria num lugar no qual os tiroteios são frequentes.

Ninguém se expunha muito nos locais que estavam ao alcance de rifles com mira a laser entregues aos palestinos para garantir a paz nos acordos de Oslo. Eu me aproximei da cúpula de vidro. Dobrei-me até tentar alcançar um papel de seda escura. Parecia retido lá em cima há tempos. Pisei com cuidado no lugar seco. Ventava bem, e a areia trazida em rajadas desgastava minha visão que já dava sinais de pane.

Agachei-me, e, fingindo limpar o sapato, tentei puxar o papel, que parecia grudado entre o vidro e a coluna de sustentação. Não era cola, pelo menos não uma comum. Dobrei o corpo até quase me deitar. E no primeiro toque risquei o tecido com a unha. Danifiquei o já danificado. Não sabia se era seda, pano, um fragmento de papel-carbono defeituoso. De novo, tentei e enfim, usando meu cartão de visitas como espátula improvisada para remover o papel.

* * *

Emma.

Sem consultar Emma, adiei minha passagem de volta. Não consultei ninguém e adiei tudo o estava agendado no Brasil. Eu gostava de me enganar achando que ainda tinha compromissos inadiáveis e ainda queria convencer Emma de que estava tudo bem.

Entre ligações e cobranças, teria que lidar com as meias verdades, as reticências. Para agravar, quando as comunicações estão sendo monitoradas, palavras custam mais a sair.

No Skype tentamos conversar

– Estou com saudades – falamos quase juntos.

– O que você tem feito? Quando você volta? – Nossas vozes saíram uníssonas.

– Como vai?

– Meio nervosa.

Mais que um silêncio tenso estava no ar. Ela adiava o remorso (ela queria vir, mas eu não a convidei) e a raiva ia *pari passu* com a inconstância na nossa relação. Eu ainda a amava, só que, desta vez, não estava disposto às renúncias. Não poderia renegar meu *leitmotiv* que, aliás, achei sem procurar. Não tinha certeza se Emma tinha razão ao me acusar de autocentrado. Parece que as esposas adquirem esse direito, mas só enquanto ainda há uma carreira.

– Carreira? Mas que carreira? Não existe mais carreira. Percebi que havia um certo orgulho, um tom de triunfo em anunciar a derrota.

– Já fez as entrevistas?

– Algumas, só a escritora ainda não respondeu.

– Por que o voo foi adiado? – Emma falava com os dentes presos e a mandíbula em seu máximo gatilho. Dava a sensação de que uma grade se interpunha entre nossas vozes.

– Acho que você não entendeu, não foi adiado, eu adiei! – Notei minha própria voz crespa, o desafio estava lançado contra mim mesmo.

– Você? – Emma sempre precisou deixar tudo claro quando se tratava de responsabilidades.

– Precisei de mais uns dias – afinei a voz, sem graves.

– Para escrever? – A voz dela se recolheu ao mínimo. Com os dedos visíveis na câmera ela faz o sinal para si mesma, isso a ajudava no autocontrole. E depois de uma pausa disse:

– Poesia?

– Poesia, escrever um diário também. E surgiram outros compromissos. Ainda preciso conseguir entrevistas com os escritores.

– Mas... e nós? Você já está ai há três semanas. Partiu sem mais, de uma hora para outra e não sei se sabe bem o que significou para nós... fiquei sobrecarregada. – Emma agora chorava segurando o queixo.

"Quase trinta anos casados e ainda segredos?"

Uma união como a nossa estruturada no isolamento social tendia à interdependência e ao monopólio.

– Vou explicar tudo num e-mail.

– Nunca ficamos tanto tempo separados!

– Falta pouco, foi só um mês.

"Não quero sobreviver, preciso que você fique aqui, comigo."

– Não tem nada ver com tempo, é a sensação (Emma ainda chora e a visão descentralizada que eu tinha dela ficou borrada e fora de foco).

Enfim trocamos palavras carinhosas, dessas que se dizem os casais quando se considera que a fluência do diálogo só aprofundará os temas insolúveis do conflito.

– Não estou te vendo direito!

"É que não estou aqui."

Um silêncio arredio preenchia as pausas na conversa.

– Adam você não vai dizer mais nada?

"Tudo foi escrito antes que eu pudesse decidir."

– Por que você está assim? Veja que interessante o que aconteceu, lembra-se daquela menina... aquela que deixou o bilhete no muro?

– Sim? – Emma engoliu um soluço.

– Depois de Hebron eu...

– Hebron? Você nem me disse que foi até lá. Por quê? Os fanáticos, os árabes, o exército. Você é louco? Poderiam ter te matado.

– Não é bem assim. Achei uma foto, uma imagem, e fui até o museu.

– Mas o que isso tem a ver com adiar o voo? Isso é mais importante do que nós?

– Emma, é uma evidência, uma prova arqueológica. Ela pode esclarecer origens, elucidar o que há na gruta. Já imaginou se aqui desvendamos?

– Desvendar o que?

– Por exemplo, um crânio de transição.

"Crânio de transição? Eu tenho um destes!"

– Prova? Você agora está escavando? – Emma não estava rindo.

– É cedo para dizer, mas pode ser importante, estamos pesquisando. Você viu alguma notícia nos jornais daí?

– Adam, pare de enrolar e, por favor, explique. Agora! Por que adiou sua volta?

Silenciei. Não poderia continuar lutando contra o desinteresse dela e jamais falar do passaporte retido.

– É uma longa história, preciso te contar com calma. O que posso dizer agora é que se soubesse de toda a história, você me apoiaria.

"Sempre apoiei, a história nunca fez diferença", quase a ouvia pensar.

– Você tem tempo! Diga agora! Tenho a noite toda. – Sua voz mudou completamente e Emma cruzou os braços, adotando os termos da cobrança que me tiravam do sério.

– Não, agora não tenho. (Meu telefone celular estava tocando.)

– Preciso desligar agora. Eu te amo!

– Quem está ligando? Quando você liga? Hoje ainda? Espero acordada. – Ela ocultou a aspereza com um suspiro e a voz voltou a ser compreensiva.

– Hoje não, amanhã de madrugada viajo para outra cidade… tenho que comprar a passagem.

– O que há para fazer lá?

– Preciso escrever. Lembra? Agora só escrevo!

"O que ela diria se soubesse a verdade sobre a bolsa literária?"

– Adam? Para quem? Por que você precisa disso? Eu sei, eu sei, você diz que faz isso pela sua saúde. E quer viver de literatura. Você sabe, não sabe?

Fiquei calado e ela suspirou antes de falar.

– Essa bolsa que você cavou é uma exceção. Se quer mesmo, vai ter que escrever outras coisas. Poesia ninguém lê. Não te entendo. Entendo menos a cada dia. Por que você não se arrisca num concurso em outra universidade? Ou volta a dar aulas? E o ramo das palestras? Com o seu currículo!

Era compreensível que Emma agisse como as mulheres enfurecidas diante de maridos em declínio. Eu notava que ela tinha endurecido. Nos últimos dois anos, especialmente nas viagens, passávamos tardes sem trocar uma palavra e o declínio acelerado da intimidade não preservou nem a nudez.

Durante uma viagem de fim de semana, numa noite convidei-a para sair e andar nas redondezas da reserva florestal, perto da serra da Mantiqueira. Ela recusou, eu fui. Caminhei horas e a natureza, como sempre, tinha sobre mim o mesmo efeito de um salto numa lagoa gelada, uma energia súbita, além da perspectiva das descobertas que um curioso pode fazer na mata. Só depois a natureza me impunha aquilo que dizem dela "alienação, paz, relaxamento". Naquela tarde, quando os trovões pressionaram e as nuvens desceram, resolvi voltar. Ela me esperava na porta do chalé. Há dez passos dela pressenti a metamorfose. Ela estava alucinada, olhos alongados, com a expressão selvagem do desequilíbrio feminino. Quando cheguei perto para beijá-la, um arranhão sem as unhas desceu sobre meu rosto. Ela despencou e chorou. Eu a reergui, desolado e ela se desculpou. Um arrependimento vingativo, e aí entre soluços e goteiras abusamos da intimidade na varanda sob os pingos que desgrudavam do vão das calhas. Nunca nossos corpos se alinharam tão próximos. No deleite mútuo, nunca a intimidade foi tão resgatada. Nunca mais a relação foi a mesma. Era uma noite de nuncas.

– Emma, também não me entendo!

"Entendo um pouco. Por exemplo, não escreveria o que os outros esperam que eu escreva, não faria sentido."

O meu telefone celular voltou a tocar.

– Antes que esqueça! – Emma mudou completamente o tom de voz. – Chegou uma correspondência de Israel para você, veio pela UPS. Quer que leia? Ela já veio meio aberta, acho que foi desembrulhada na alfândega daí.

– Alô? Alô?

"Ainda posso te amar…

…mesmo que…

… ainda que…

… desde que…

… tudo vire silêncio."

A conexão caiu.

Eu já havia ponderado os riscos e achei que valia o sacrifício. Vim buscar uma coisa e achei outra. O que eu tinha encontrado era tudo ao mesmo tempo: perturbador, fascinante, encorajador, local com valor universal.

IV

Cidade Fechada

Depois de negociações entre todas as tendências judaicas e a autorização das principais lideranças religiosas islâmicas – que cederam em prazo menor do que qualquer um poderia prever –, todos estavam de acordo: a expedição que incluía exumação e pesquisa da gruta contribuiria para alcançar um saber inédito. Concessões do dogma em favor da investigação científica? Sim, alguma coisa estava mudando.

Um aglomerado altamente heterogêneo começou a desembarcar em caravanas na cidade. Lendo nos jornais israelenses sobre a bagunça em que aquilo tinha se transformado, fiquei aflito, eu era responsável por alguma coisa que me excedia.

Inesperadamente, a descoberta daquele negativo e o alarde que o professor Haas fez em seguida, chacoalhara Israel. Influente, Haas montou uma equipe de especialistas em tempo recorde.

A região era agora governada e dominada pela Autoridade de Antiguidades de Israel num raro e efêmero consenso entre árabes, árabes-israelenses, comunidades muçulmanas, seculares, ortodoxos modernos, reformistas, conservadores.

Soube que em prazo recorde máquinas escavadoras e invasão de trabalhadores tornaram Hebron uma cidade operária. Com obras por todos os lados, a maioria não sabia exatamente o significavam aquelas prospecções.

O sigilo estava garantido até o relatório final. Havia otimismo e muitos estavam convictos de que as escavações beneficiariam não só as ciências naturais.

Os jornais ainda especulavam:

"Com qual finalidade Hebron foi declarada cidade fechada?"

Chegaram a citar iminente escalada do conflito entre os árabes e o exército e que o problema estava na Makhpelá.

Tudo aconteceu muito antes que Haas tivesse conseguido aprovação para seu *paper*.

Haas escreveu para os editores:

Jerusalém, Adar II, 5776
Caros Srs.,

Em resposta à sua solicitação, gostaria de soubessem que quando o paper *estiver disponível, pelo seu caráter excepcional, importância e originalidade, não será submetido à revisão por pares. Se ainda assim houver interesse, autorizarei a publicação em edição futura, única e especial, em vosso* Journal of Archaeological Science.

Quando receberem o artigo compreenderão o motivo dessas imposições,

Atenciosamente,

Prof. Dr. Michel Delano Haas

Conhecendo a seriedade e produtividade de Haas todos estranharam o adiamento da publicação daquele que prometia ser um dos furos científicos mais significativos. Comentaristas mais sarcásticos insinuavam que tudo não passava de uma estratégia de marketing do pesquisador. Motivos havia, Haas aspirava um ministério.

Nos últimos dias, com a escavação acelerada, boa parte da mídia estava de acordo: parecia ser uma descoberta proporcionalmente tão importante quanto decifrar a sequência genética do Neandertal, elucidar as 27 mil bases de nucleotídeos dos ursos das cavernas, clonar o mamute congelado da Sibéria que o próprio Haas ajudou a rastrear em uma de suas últimas expedições a nordeste do Ártico.

A apreensão das semanas precedentes na cidade foi cercada de sigilo com ameaças simultâneas. Houve turbulência das redes sociais às fronteiras com a Jordânia, no Líbano e inquietação com prisões na Arábia Saudita, na Síria e no Egito. Fanáticos ultraortodoxos antissionistas fizeram ameaças e bloquearam vias em Jerusalém.

Publicaram anúncios pagos em todos os jornais acusando o governo de "heresias mortais". Eram os mesmos que, semanas antes e quase todos os anos, picharam as paredes do Museu do Holocausto, o Yad Vashem, com agradecimentos aos nazistas pelo trabalho bem-feito.

Fundamentalistas de extrema direita se deitaram no chão da estrada de acesso a Hebron. *Slogans* e maldições eram proferidos contra cientistas, antropólogos, peritos forenses, médicos legistas e paleontólogos engajados no projeto. Apelidados de "toupeiras imundas" e "violadores de túmulos infiéis", fundamentalistas tentavam impedir o acesso à entrada da gruta.

Autoridades rabínicas de orientação asquenaze concordaram que a exploração seguisse adiante, rompendo publicamente com a liderança dos sefaradis, sob o argumento de que a violação era necessária. O potencial para "salvar vidas", sempre foi uma espécie de aval inquestionável, mesmo quando se trata de ruptura com as regras religiosas.

Os veículos vinham em carreira de carros militares, monitorados por viaturas das tropas da ONU – os capacetes azuis –, além da escolta de proteção do exército israelense que enviou uma coluna de blindados.

A autoridade palestina cedeu um veículo oficial como endosso à empreitada, ainda que a comunidade islâmica estivesse mais confusa que dividida. Brigadas palestinas anti-Fatah atiraram contra turistas americanos em Jerusalém e dobrou o número de foguetes que caíram no sul de Israel, lançados a partir da faixa de Gaza. Um complô terrorista foi descoberto ao norte e dois agentes iranianos foram presos.

Ainda assim, havia a expectativa de que o evento pudesse representar algum avanço e novo estatuto de cooperação para aqueles dois povos. Enquanto a solução de dois Estados ou qualquer outra não chegava àquela terra, só a esperança tornava suportável a sobrevivência.

Não há exatamente espaço para ingenuidades quando uma disputa chega ao plano do palmo a palmo. Mas aquele evento prometia exceder o valor simbólico.

Trouxe um fato novo, a rigor o único fato novo em anos, com remoto potencial para mudar a direção catastrófica da região. As negociações sobre a Makhpelá se tornaram públicas e um acordo despontou. A paz poderia irromper em algum lugar novo.

Do lado cristão, sob objeções tênues, autoridades eclesiásticas se referiram ao evento como "fato poderoso" na aproximação entre os povos. Eu ainda resistia à ideia de que tudo aquilo tivesse a ver com o velho negativo que apareceu para mim.

E por que para mim?

Hominídeos
e o Cetro da Ciência

Esperava na sala há horas dormindo intermitentemente enquanto esperava que o cone desse mais definição para minha fotografia. Mas Haas voltou da parte de baixo do museu completamente diferente. Entrou na sala calado, com os lábios franzidos, e assim ficou, operando mecanicamente a mesa que controlava o Hol, a máquina misteriosa que para mim era ou incompreensível ou um engodo absoluto.

Foi nesse momento que percebi o quanto superestimei aquelas instalações, a mesa, a máquina. Nada era tão sofisticado ou espetacular quanto minha avaliação inicial.

Puxei conversa, forçando o tom amigável.

– Você está pálido, sente-se bem?

– Tudo em ordem. – E fez um sinal com a mão.

Com ele bem em frente à tela e eu sentado um pouco atrás, voltamos a observar a imagem ainda em formação com atualizações mais frequentes.

– Ainda é cedo para afirmar qualquer coisa

O que mais impressionava na atitude de Haas era sua reiterada negativa de se deixar conduzir pela intuição.

Eu descobri que a maioria das pessoas estaria certa se usasse o instrumento, mas ninguém mais a seguia.

– Não são ossadas! Veja – Haas usa uma caneta a laser para me apontar na tela –, a pele, os tecidos e até as feições dessas pessoas parecem preservadas. Uma pena esta lacuna na parte superior! Parece uma fileira, mas o que será? Bolhas? Papéis? Pena, elas param bem no rasgo. – Ele se levanta e se aproxima da tela do cone com uma lupa côncava. Grudado à imagem, Haas levanta os óculos como um professor frente a uma impertinência.

149

Cobri a boca com a mão e também me aproximei. Eu o ultrapassei chegando quase no limite da zona de segurança. Haas tentou me conter pelo ombro. Eu rejeitei o apelo, me desvencilhei e praticamente grudei no vidro.

– Olhe isso! – Tentei segurar minha estupefação e explodi num riso nervoso.

– Já vi. Estão envoltos nessa camada

– Líquida

– Gel?

– Possível, um gel irregular

Haas continua

– Meus assistentes lá de baixo calcularam, mas como ela é irregular pode ter entre 18,9 e 28,7 centímetros de espessura no menor e maior eixo respectivamente.

Novos dados iam sendo atualizados na tela. A descrição estava em hebraico, desse modo, eu tinha que confiar na tradução de Haas.

– Vistos da perspectiva dos pés, nosso computador calcula que, pelas dimensões da caverna, e pela angulação da foto, eles devem ter entre três e quatro metros de estatura.

A imagem estava longe de se completar, mas não havia como negar:

– Que descoberta extraordinária! – Eu estava ofuscado, completamente abalado. – Simplesmente impossível: se o *Homo sapiens* tem um milhão de anos na Terra, de qual período seriam estes?

– Hominídeos, sem dúvida, com proporções atípicas… superam as previsões, ameaçam suposições. Se isso se confirmar, você compreende o que pode significar nosso achado? Se a datação com carbono 14 for positiva, pode imaginar a dimensão que isso pode tomar?

Titubeei com "nosso achado", mas gostei dele ter evocado minha titularidade.

– O cetro da ciência, sim, senhor. Podemos colocar em xeque quantidades de teorias científicas. Estes esqueletos podem suprir lacunas. Serão a prova de transição ou uma subespécie? Haas prosseguia numa autocongratulação eloquente e incomoda.

– Pode virar uma catarse!– Eu dizia sem convicção, sobretudo sem raciocinar direito. Quanto mais consistência a coisa adquiria, menos eu acreditava.

– Escreva ai, será bombástico. – Haas disparou falando. Se tornou loquaz e inconveniente, mais uma vez.

Só conseguia pensar em medir os crânios, especulou sobre a mobilidade da língua, a inclinação da mandíbula. Imaginou um gráfico no qual compararia os *Homo habilis, erectus, neandertal, java* e *sapiens*.

Então Haas me conta, sem cerimônia, o prêmio que ganhou do governo russo pelas contribuições da descoberta do mamute: um estojo com réplicas perfeitas de cada um dos esqueletos humanos.

Fui me contaminando com a glória antecipada. Tentávamos controlar a euforia bebericando um chá de gosto ácido que uma assistente dele acabara de trazer até a torre.

Já era tarde, perto das duas da manhã.

A moça de pescoço curioso, a única assistente que tinha acesso às pesquisas, veio para sondar o que estava acontecendo.

– Irina, pode sair e nos deixar agora, obrigado! – Haas a dispensa apressadamente.

– As notícias não podem se espalhar! – Ele cochicha.– Isso é vital, você entende? Precisamos muito cuidado. – O discurso de Haas agora é formal, temerário, cauteloso.

– Vamos fazer uma cópia… na verdade duas. Você tem cópias em algum outro lugar?

– Sim mais duas, e essas aqui! Estendi o material que trouxe dentro da pasta, mas estava apreensivo. A assimetria de verdades estava se tornando perigosa. Eu havia omitido a revelação e o relatório descritivo do laboratório que fez as primeiras imagens.

Haas faz uma pausa para beber, depois de misturar o gelo. Com o dedo abaixou os óculos para analisar com falsa displicência o conteúdo da pasta cinza. Reparei então em seus polegares, imensos, desproporcionais.

– Não tenho mais nenhuma cópia...

– O que faremos? – Haas usava um tom didático irritante. – De pesquisador para pesquisador, nós dois sabemos: lá embaixo existe ou já existiu algo inacreditável.

E prosseguiu:

– A imagem dos dois abraçados, preservados nesse líquido! Sigilo, o importante agora é sigilo.

Haas recebeu nova ligação no ramal da antessala e ficou agitado. Sem dar satisfação, usou a chave para sair da torre. Mais uma vez, suas decisões unilaterais me deixam inseguro.

Aproveitei para tentar explorar os arredores e saí da sala, atravessei corredores vazios e não vi ninguém. O prédio parecia ter sido evacuado e só se ouvia um barulho persistente, de máquina, como o de um motor hidráulico cuja lubrificação se exauria.

Voltei à grade frustrado e devorei todos os salgadinhos que restaram sobre a mesa. Depois de uma hora enjaulado sozinho, Haas voltou iracundo. Os tiques apareceram no rosto, nos lábios e um estranho gesto repetitivo: girar a ponta superior da orelha com os dedos.

A imagem do cone ia ficando cada vez mais definida.

– Ainda faltam setenta e oito por cento... é tarde, Adam, acho melhor o senhor voltar a seu apartamento e dormir. Já providenciamos um táxi. – Notei que Haas evitou me olhar nos olhos.

– São quatro horas da manhã! Se não se importar prefiro ficar aqui e esperar. Queria esclarecer isso de uma vez. – Eu falava sem tirar os olhos da atualização da imagem. Com a luz ficava mais fácil ver que a tela era esférica e formada por um cone fluorescente. A imagem mesmo incompleta, mesmo plana, era quase palpável e parecia saltar do cone. Estava começando a entender ao que Haas se referia quando alertou para "mais real do que a realidade".

– Hoje? Impossível. Amanhã. Ligo amanhã, quando a imagem vai estar com oitenta por cento de definição e teremos todos os detalhes! Vai ser emocionante. Pode ir tranquilo, meu caro.

Não me movi. Suspeitei, na verdade tive certeza, de que ele estava tramando algo.

– Fique tranquilo Adam, mantenho você informado.

A informalidade entre nós cresceu e, ao mesmo tempo, pela primeira vez, Haas usou meu primeiro nome de forma suave, falsa.

"Ele mudou completamente, quer me arrancar daqui de qualquer jeito."

– Não Professor Haas, o senhor me desculpe mas fui eu quem trouxe o material. Vou acompanhar a projeção da imagem até o fim.

Haas alisou a barba.

– E a minha pasta cinza? – cobrei.

Notei movimentação na porta da sala inferior da torre e olhei através da grade. Mais uma vez não estávamos sozinhos e percebi as câmeras girarem em minha direção. Uma luz fina agora rodava e focava em cima de mim.

– Vou ficar e acompanhar –, anunciei.

– A propósito, peço que assine este documento. – Haas retirou três cópias do paletó – Ele nos garante a custódia do material que você extraiu de Hebron.

"Eu extraí? Ele quis dizer subtraí?"

Em seguida, sacou a caneta e esticou as cópias na mesa de vidro para que eu as assinasse.

Não sabia como agir e não havia tempo para estudar o que responder.

– Não entendo quase nada do que está escrito aí. Há alguma cópia em inglês? E se eu não quiser assinar?

– Meu caro, não há escolha, o que você achou não é seu, pertence ao governo israelense.

Diante da minha paralisia, ele avançou valente

– O senhor sabe que pode ser processado? – Haas endureceu, mas estava pouco confortável naquele jogo de pressão encomendado. Depois da ameaça, ajeitou-se dentro do paletó.

– Não posso aceitar essa situação! Não é justo.

"Sempre atônito em constatar como as relações se deterioram em segundos"

– Cientista! Por Deus, sou um cientista, Mondale! – Haas passa à defensiva – Além do que somos judeus. – Haas faz do não segredo uma cumplicidade totalmente fora de contexto.

Nesse momento, pressenti a crise. Os olhos ficaram paralisados. Menos de dez segundos e comecei a gritar com os punhos cerrados. Golpeei a mesa com a palma das mãos, uma, duas, várias vezes. Estava quase sumindo, mas percebi que aumentava a violência nos golpes que dava!

Em seguida, segurei meu cotovelo e me joguei contra a grade que protegia o abismo. Daquela altura, uma queda seria mortal. Mas mantive os golpes repetidamente, urrei até tomar impulso para ir contra a tela blindada e... atravessá-la. Quase caí!

A convulsão parecia eminente.

– Vou embora, mas só se me devolver o negativo. Devolva agora e estamos entendidos!

Brequei as ameaças que faria, mas tudo começou a jorrar, agora à minha revelia

– Vou explicar o que acontecerá. Farei um escândalo, vou acionar meus contatos na imprensa! O senhor acha que estou brincando? – Nem percebi que passei a falar português, a língua morta que ninguém entendia.

Foi quando comecei a sentir o cheiro. Desta vez era jasmim.

Haas usou o peito para tentar me conter. Daqui em diante o relato será recortado, trechos foram apagados. Mas lembro que entramos em batalha corporal. Empurrões, tapas e socos. Eu tinha quase o dobro da envergadura do diretor do museu.

Estava quase alcançando a haste da prancha onde Haas fixou o negativo, mas ele me puxou pela gola com violência. Golpeei sua mão para me libertar. Um murro pesado que acertou em cheio as cartilagens dos dedos, e pude ver Haas se retorcer no sofá. Eu gritei e voltei a me arremeter contra o vidro usando meu ombro como aríete.

Já era possível ouvir gente forçando a porta.

Meu descontrole não era inédito. Foi quando percebi a proximidade do estado crepuscular, a aura que sempre precedia as minhas crises, que soube que seria grave.

Com a crise fóbica seguida de ataque vieram as recriminações, as autoacusações e todo pacote da caixa de consciência pesada emergiram de uma vez:

"Por que você não os surrou todos naquele dia na universidade? Balak e a congregação mereciam uma punição física, mas fiquei reduzido à histeria."

As sensações visuais voltavam em círculos concêntricos. Senti que perderia os sentidos, e só um fio tenso me mantinha ali.

Acordei meio amortecido e soube que a crise terminara.

Agora estou em uma maca no andar debaixo, numa enfermaria. Há um paramédico saindo do prédio e Haas se aproxima ofegante para conferir meus olhos.

– Você desmaiou! O paramédico achou que não era grave. Diagnosticou ausência ou síncope histérica. – Haas olhou para mim desconfiado, mas terno, enquanto eu fingia que ainda estava muito atordoado.

– Por que não nos avisou sobre a epilepsia? Não leu os cartazes sobre o perigo dos estímulos de luz. Quer ir com eles até o hospital?

– Não é necessário, já tive isso.

O dia estava amanhecendo. Sentei-me como um autômato na maca. Conhecia claramente aquele estado de apaziguamento letárgico.

– Passe o documento, vou assinar.

Ele se apressou e me apresentou as três vias amassadas. Ainda sentado na maca, assinei todas!

Visivelmente aliviado, Haas enfiou os papéis de volta ao bolso do paletó.

– Você está bem?

Preferia fuzilá-lo, mas só consegui um olhar depreciativo.

– Não fico com nenhuma cópia?

Haas apenas meneou a cabeça. Em seguida apontou-me, com o braço estendido, a direção da porta.

– Seu táxi chegou.

Escritor do Deserto e Rabino Sociólogo

Antes da descoberta do negativo em Hebron eu já tinha entrevistado algumas pessoas e, graças à minha persistência em cima de sua agente literária, Amos Oz conversaria comigo por telefone, de Arat, no deserto no sul de Israel.

Se pudesse confessar, confirmaria que tinha a ingênua sensação de que se minha inteligência fosse reconhecida por alguém notável, minha reputação na nova carreira estaria bem encaminhada. Originalmente, planejei uma abordagem enfocando a militância política de Oz, mas um acordo prévio me inibiu e só conversaríamos sobre literatura.

O telefone em Arad não atendia na hora combinada. Tentei novamente, buscando novo código de área.

O telefone toca.

– Sim – atende a voz grave de Amos.

Eu não sabia o quanto poderia avançar, mas me convenci de que estava fazendo meu trabalho.

Identifiquei-me e já fui perguntando diretamente, sem rodeios:

– Qual seu conselho para um escritor?

– Sim. Um, muito simples e breve: só escreva sobre aquilo que você conheça muito bem.

Foi então que repeti a sentença e Amos calou como se dando um desfecho abrupto.

Reagi:

– O que é conhecimento?

– É a imaginação.

– Conhecemos pela imaginação?

– Não sei, não sou mais filósofo. Mas a criatividade foi o que nos restou como instrumento de sondagem... não há mais nada.

– O que se pretende com a literatura?

– Você diz, além de uma terapêutica involuntária? – Amos riu sem espontaneidade para prosseguir de mau humor provavelmente por ter achado a pergunta previsível:

– Não há finalidade, nada a ser aprendido ou ensinado. Apenas um sujeito doando suas impressões. Meu compromisso não é esse, mas acho que mesmo à revelia acabamos ajudando as pessoas! O mundo precisa mais de literatura do que os escritores. Aliás, ninguém precisa dos escritores. – Oz fez um som parecido com um soluço.

– Há uns anos você provocou seus leitores dizendo que precisávamos convidar a morte para sentar e conversar. Em qual contexto disse isso?

– Não era provocação! Devemos convidá-la para fazer as perguntas que faríamos a ela depois. Oz pigarreia para concluir.

– Depois?

– Quando já é tarde demais e já não poderemos ter o prazer de perguntar. Por que não antecipá-las e fazê-las enquanto ainda estamos aqui vivos?

– Quais perguntas?

Ele silenciou.

– Amós?

– Sei que compreenderá, estou bem no meio de um texto desafiador. Como escritor, o senhor sabe ao que me refiro. Boa estadia e boa sorte.

"Poeta, não escritor."

Assim terminou a entrevista.

No dia seguinte, mais um encontro. Neste houve unanimidade:

– Ele tem que fazer parte da sua pesquisa!

Até Assis Beiras apareceu para dizer que aquele encontro era vital; eu não tinha tanta certeza

– Ele é um religioso ortodoxo, isso não combina comigo.

– Não é só um religioso. Deve ser um dos trinta e seis ecléticos ocultos[9]. – Assis Beiras riu sozinho, e foi sua risada que me convenceu.

Quando cheguei, instalei as mochilas na sala de espera enquanto examinava os livros daquele que era considerado o maior talmudista vivo. Um erudito desse tipo nasce uma vez a cada mil anos, dizia dele a *Time Magazine*. A biblioteca, surpreendentemente eclética. Livros religiosos misturados com enciclopédias de história, dicionários e obras de filologia em todas as línguas.

Quando Adin Steinsaltz abriu a porta para me receber e pronunciou meu nome, a apreensão sumiu. Penetrei imediatamente no domínio de uma voz formidável de alguém que só se importava com a relação atual. Enquanto estava comigo dirigiu seu foco exclusivamente para nossa conversação. Isso era raro, em Israel mais raro ainda.

Nem era pelo ícone calmo e arguto, foi o entendimento automático que me pegou de surpresa. Tinha feito um roteiro de perguntas e tentei me convencer de que essa entrevista seria guiada pela objetividade! Não repetiria os erros que cometera com Oz e não deixaria escapar a oportunidade.

Estranhamente o encontro foi quase apagado por completo de meus registros e só depois, fui reportando trechos do nosso diálogo.

Para meu espanto, lembrava vagamente de ter contado tudo a ele. Adin jamais respondia diretamente o que se perguntava. Foi quando mencionei os fatos que mudaram a vida de meu sogro, minha bolsa literária e a proposta, que

---

9   Na tradição judaica acredita-se na existência permanente de 36 homens justos sobre a Terra. Por intermédio de seus méritos, eles sustentariam o mundo.

já considerava malograda, de estudar a experiência religiosa com rigor científico.

– O problema é que não consigo acreditar em nada.

– Nem todos têm talento para ser religioso. Por que isso aflige as pessoas? Veja a palavra "verdade", *emuná*, como se lê em *Jeremias* 5,1 – da raiz dupla *álef/iud, mem* e *nun* temos "verdade" (*emet*) e "treino" (*imun*) – a maior parte das vezes acreditar, seguir regras, aceitar ou não uma tradição é um treino. Temos que treinar para sustentar nossa autenticidade, e isso é, geralmente, feito contra os consensos da maioria.

O encontro com Adin foi a interlocução mais intensa, a mais difícil de classificar, a que mais me deslocou. O mais curioso aconteceu depois do encontro, quando nos despedíamos. Já na porta, o rabino, sociólogo e crítico acabara de me indicar o caminho de volta a meu apartamento da rua Agripas:

Eu ainda descia os últimos degraus, estava no sétimo, sempre contava. Ele abriu a porta e chamou:

– Adam?

Me voltei atento. Ao retroceder um degrau, deparei um sorriso tão injustificável como inteligente:

– Você sabe? Adão era um jardineiro.

Considerei que devia haver qualquer engano. Em retrospecto, aquela poderia ser alguma antecipação enigmática do que acabei achando depois em Hebron. Era tão fora de contexto que ao ouvir isso olhei para trás, a ver se era comigo mesmo.

O encontro surtiu um efeito imediato. A prova de que havia esperança. Alguma esperança. Se tinha que aprender alguma coisa importante com esse povo, era ter esperança.

Já seria uma jornada, quando lembrei mais uma vez das palavras do amigo do meu sogro, Josué Napkins:

"Viva e deixe viver."

V

Odisseia na Gruta

A história da origem e a explicação para aquele negativo de polaroide que recuperei em Hebron foi se tornando plausível. Uma história que chocou a sociedade israelense nos anos 1960 para logo ser abafada.

Julho de 1967, uma menina, filha de um militar israelense de alta patente desceu e sobreviveu à gruta que guardava as tumbas dos patriarcas.

Tudo aconteceu quase um mês depois que Israel se opôs e venceu uma ampla frente de países árabes que tentava sufocar o estado hebreu. Jerusalém ocidental foi retomada dos jordanianos e Hebron recuperada. Isso quarenta e oito anos depois de outro exílio. Fugiram de Hebron alguns poucos sobreviventes do *pogrom* de 1929, que dizimou os judeus daquela cidade.

A filha do general era especialmente pequena aos doze anos. Ruiva, longilínea e de traços aquilinos, tinha permanente expressão de espanto. Sobrancelhas ralas e afastadas riscavam e dividiam sua testa, larga e pálida.

Apesar da simetria, tinha olhos que se estreitavam sob as pálpebras oblíquas e um discretíssimo estrabismo divergente que não chegava a incomodar, talvez porque bem disfarçado pelos óculos grossos.

Míope e ágil, com bom desempenho na escola, foi a única que se candidatou aquela manhã, dentre todos os familiares dos militares. Imediatamente foi trazida de Jerusalém para integrar a equipe de exploradores.

Amy Tammar era precoce e tinha comportamento estoico, provável herança étnica, desenvolvido por adaptação. Os avós paternos vinham de uma família de intelectuais lituanos que chegaram à Palestina em 1936, escapando do nazismo. Os ancestrais do lado da mãe já estavam na região há, pelo menos, três gerações, a maioria pequenos agricultores. Se Amy usava sua primogenitura como poder nos pequenos conflitos com as irmãs menores, agora se via desafiada numa real prova de coragem.

Há uma camada fina que separa o risco real do imaginário, sem demarcação de faixas intermediárias entre os dois. Para a insônia e sonambulismo crônicos de Amy, o aconselhamento psicológico indicou aulas de canto. Vinham surtindo efeito, ela dormia uma noite quase inteira e já conseguia emitir notas altas difíceis.

A professora descobriu que Amy tinha ouvido absoluto, mas ela rejeitava qualquer pressão quando alguém lhe cobrava uma carreira artística.

Amy preferiu ignorar os riscos na preleção que o grupo de militares, menos de uma hora antes, fizera questão de explicitar antes de sua descida. Ela abaixava e levantava a cabeça. Concordava com tudo, mesmo sem encará-los. Diante do amontoado de homens, ela batia no chão o pé impaciente esperando o aval final enquanto o cabo Henri Lothar instalava um capacete especialmente adaptado à sua cabeça pequena.

A tradição oral contava que muçulmanos temiam descer. Relatos místicos de que a entrada era um "labirinto de céus". Segundo correntes esotéricas, um sistema de escadarias e túneis complexos interligados uniriam o mundo físico a outros mundos.

Ainda segundo o folclore islamita, dois caminhos estavam reservados para aqueles que ousavam descer: encontrar o céu ou voltar sem razão. Muitas vezes aconteceu um pouco de cada um. Por volta do ano 1600, um sultão turco deixou cair sua adaga de ouro na gruta, que escorreu por uma das fendas. Enviou dois súditos para recuperá-la, nenhum deles retornou.

Fontes talmúdicas afirmavam haver uma ligação subterrânea secreta entre a gruta e um sistema de canais que desembocaria nos túneis do Monte do Templo. Finalmente, no livro de autoria anônima, *A Misericórdia de Abraão*, havia uma explicação para a estrutura subterrânea da gruta: era uma analogia com a imagem do tabernáculo, onde também existiam entradas secretas e passagens ocultas.

Mas a decisão de fazer descer uma menina não tinha nada de místico nem estava sustentada por nenhum argumento humanista. É que naquela madrugada de sábado para domingo, Amy era a única com dimensões apropriadas para passar pelo buraco.

Depois de rápidas instruções, tomou-se a decisão. Removeram o tapete no chamado "Corredor de Isaac", o pequeno buraco foi colocado à mostra e Amy começou sua odisseia.

Amy começou a descer, rastreada pelo grosso fio de náilon trançado amarrado à sua cintura. Com a mochila, o cantil e a máquina fotográfica. Seu coração oscilava com a pulsação no pescoço. Nem tudo era medo: Amy vibrava. Em seus sonhos seria escritora ou heroína.

Amy passou a narrar o que via no pequeno rádio, numa era em que as menores câmeras não cabiam em microchips.

Foi descida por um sistema de cordas e roldanas improvisado, com a ajuda de dois subtenentes e usava uma mochila com um kit completo de espeleologia, um gravador, um pacote de uvas passa, água e um canivete. Com áudio rústico e sem um microfone de retorno decente, Amy iria entrar num buraco de 28 centímetros rumo ao imponderável.

O primeiro nível era relativamente raso. No chão havia moedas, mensagens enroladas e cédulas de dinheiro. Ela chegou às tumbas contando apenas com uma única fonte de luz: uma velha lanterna adaptada à cabeça.

Assim que desceu teve tempo de avisar o pai sobre o clima subterrâneo:

– Gelado e úmido. Está um gelo!

Amy desceu em terra firme e soltou das cordas. Andou alguns passos e, um pouco adiante, viu a escada estreita.

Desceu e chegou até uma sepultura. Achou que era ali e ainda não acreditava que de cara já as encontrara. Olhou melhor. Havia uma sequência. Era uma fileira de túmulos, avós, pais, filhos e netos com suas respectivas esposas. Logo confirmou as inscrições nas lápides.

– Pai, sãos duas de um lado… lado direito e três do outro. Amid calculou que lá estavam: Abraão e Sara, Isaac e Rebeca, Jacó e Lia.

– Mas há outra. Bem grande… imensa.

As sepulturas, finas e simples, e as inscrições não deixavam dúvida sobre as identidades. Às vezes, Amy gemia e o pai tomava o receptor das mãos do cabo que controlava o rádio.

– Tudo bem filha?

– Ok, tudo, câmbio.

Amy parecia chorar ou soluçar.

– Você está chorando, Amy? –, insistia o cabo Lothar preocupado e olhando para a aflição de Amid.

– Não, são só soluços.

Talvez fosse a primeira menina da história e, muito provavelmente, a primeira mulher em mais de dois milênios a ver tão de perto aquelas sepulturas.

– Ninguém vai acreditar.

Amy fazia planos para contar a história para as amigas.

Em muitas tradições costuma-se dizer que, quando os corpos morrem, as almas viajam para um outro mundo. Como balões, estabelecem conexão permanente com o ex-involucro através de um barbante invisível. Daí a forte tradição de peregrinação aos túmulos de santos e gente que trouxe algum esclarecimento ao mundo, como Einstein e Copérnico.

O pai de Amy, um general jovem e pragmático que ainda não tinha um filho homem, sempre pedia fibra.

E Amy tinha.

Quando a menina fez sua segunda comunicação, três minutos depois do último silêncio, relatou que havia um corredor com outra escada.

– Descreva o corredor Amy.

– É uma descida…a inclinação é… forte…

O general-pai consulta com hesitação outro general que com o dedo o autoriza a prosseguir:

– Com cuidado, Amy… ouviu?

Ela não respondia, o mundo que descobria valia o silêncio.

– Cuidado, olhe por onde pisa a cada passo filha, câmbio.

– Você entendeu? Cada passo.

Amy estava ocupada demais para seguir instruções. Ela desceu um pouco mais e pressentiu o ruído de velas sendo consumidas.

"Quem pode tê-las acendido?"

Era mais que isso. Agora, aromas que se misturavam. Especiarias em evaporação. A totalização dos perfumes e ela ali, já mudada. Sentia um peso descer sobre as pálpebras.

Às vezes, esticava-as com os dedos para manter os olhos abertos.

Andou pelo declive por mais uns trinta metros e o local parecia terminar em outro túnel, sem saída, apesar da luz que pairava por cima. Do outro lado, uma pedra bem no meio do caminho. Amy deu a volta e, usando a lanterna de cabeça como guia, escolheu o caminho da direita. O náilon-guia já estava bem esticado, e, pela primeira vez, teve medo de ser esquecida naquele buraco.

Como combinado, Amy mediu a altura da entrada:

– Altura: 1,07 metro.

Na outra rota, o túnel era bem-acabado, e havia um padrão arquitetônico, todas as estruturas com as mesmas dimensões. Idênticas aos túneis encontrados abaixo do Monte do Templo, em Acre, nas ruínas de Massada.

Um pouco de cerâmica com motivos islâmicos na parede das escadas e, no chão, o mosaico de cerâmica com pedras arredondadas nas pontas.

Foi quando Amy viu uma entrada. Andou através do escuro até estabilizar o foco da lanterna. Viu a pequena porta com barras de ferro numa portinhola muito simples. A inscrição estava em caracteres desconhecidos para ela. Talvez aramaico, árabe ou outra língua semita. Amy demorou algum tempo para decifrar e só conseguiu ler:

"Abraão e Sara."

O ar faltou. Amy não podia inalar nada. Uma pequena batida no próprio tórax destravou a respiração e ela gemeu. Avançou até a entrada e viu uma enorme pedra com inscrições em latim. A pedra estava cortada em três partes com uma cruz que aparentemente havia sido propositadamente destruída.

– Tudo bem por aí? – Amid engasgava com a sorte de Amy.

– Amy, fala o cabo Lothar, se puder descreva o que você está vendo!

Amy ainda descia o túnel que, de novo, se afunilava conforme se aproximava do fim. Era um corredor de terra e pedras, e, sob a bota, Amy sentia a consistência úmida da lama e um cheiro que não identificava.

Uma experiência completamente nova, como se enxergasse com os olhos de outra pessoa. Sentiu uma energia que vinha de fora, e a fortalecia.

Suas vértebras subiam e desciam, e ela sentia como se seu corpo fosse maior.

Amy então começou a ouvir batidas fortes do lado oposto da escada. Isso precipitou sua subida, feita às pressas. Os ruídos eram rítmicos e lembravam um objeto metálico golpeando madeira. Aparentemente vinham do final do túnel afunilado.

Ali, Amy teve o primeiro surto de desespero.

– Alguém na escuta? Tem mais alguém aqui em baixo!

* * *

Para desespero dos que estavam em cima, se ouviu um gritou de socorro.

A fibra de Amy se desfez, sua voz foi aprisionada na garganta. Assustada com as pancadas, ela resolveu então voltar correndo. Atravessou o grande salão com o dobro de velocidade da ida até perder-se do náilon que a guiaria até a saída.

– Estão falando, ouviram? Tem gente conversando. Câmbio. Alguém pode responder?

Amy acelerou os passos e desviando de tábuas de pedra sentiu um vento forte. A ventania saía da entrada de outra passagem. Quando tentou parar, ela notou sob os pés a terra remexida. Tarde demais: ela caiu na fenda.

Desta vez, deparou com uma abertura oval por onde um adulto também não passaria. Ela penetrou ali não só pelo tamanho, mas graças à flexibilidade do conjunto, cartilagens e ossos esquivos.

O acidente revelou o inimaginável.

Amy caiu até o fim.

Expedição Clandestina

Os israelenses haviam recém-vencido a Guerra dos Seis Dias, em 1967, e a expedição não fora combinada com a liderança do Estado-Maior das Forças Armadas, nem com o primeiro-ministro, Levi Eshkol.

O premiê só foi informado da atividade algumas horas depois de ter sido deflagrada. Todos esperavam uma reação dura e a exoneração dos oficiais envolvidos naquela decisão.

Extraoficialmente, a futura primeira-ministra Golda Meir, uma das responsáveis pela operação, sentou-se no sofá marrom do minúsculo gabinete e abriu a pequena arca da mesa para sacar uma cigarrilha do Equador.

Assim que a acendeu, conversou por telefone com o primeiro-ministro sem alterar o tom de voz, apesar dos evidentes gritos do outro lado da linha. Falou, segurando o bocal com os braços trocados, como se nada mais estivesse a seu alcance. Antes que o ajudante de ordens de seu gabinete pudesse mencionar qualquer palavra, ela fez um sinal e esclareceu.

– Já sei de tudo. Sim, sim e sim. – Ela segurava o telefone com os olhos fechados. – Eles têm toda razão. Não deveríamos ter avançado tanto. Mesmo assim, reforço o que disse durante toda madrugada, precisávamos saber o que há lá embaixo. É a primeira oportunidade em milênios que temos para saber o que existe lá. Desvendemos a Makhpelá!

Em meio ao tabaco gorduroso que há décadas grudava na mobília da sala, seu sorriso não estava a demonstrar arrependimento. Uma confiança predestinada se desprendia de sua ostensiva discrição.

A operação não tinha a autorização da zeladoria muçulmana que ainda – pelos termos da rendição feita há menos de quinze dias – permaneceu encarregada de continuar gerenciando a caverna através dos oficiais da inspetoria religiosa islâmica, a Waqf. Uma coisa pela qual os judeus em todas as épocas e lugares não poderiam ser acusados: sempre que tiveram algum poder concediam liberdade religiosa aos povos com os quais conviviam.

A menina finalmente emergiu da toca com a cabeça à mostra. Amid tinha as mãos quase paralisadas, e, ao vê-la, teve ímpeto de saltar ao encontro dela, mas foi contido pelos outros soldados.

Dois deles se posicionaram na entrada do buraco e Amy foi puxada bruscamente por um braço de soldado de cada lado. Içada de forma assimétrica, a menina se arranhou na face e nos braços. Uma pedra afiada riscou sua bochecha. Não se queixou e, em meio aos suspiros intermitentes, entregou o que carregava ao cabo Lothar.

Antes mesmo que Amy saísse da toca, Moshe Dayan disparou na frente seguido dos outros oficiais. Amid abraçou a filha sem muito jeito e, com agressividade, descobriu seu coração aflito escondido na mudez.

Ficou trêmulo só de pensar que tudo esteve por um fio. Um estranho resíduo transparente cobria Amy da cabeça aos pés.

– *Aba?*

– Sim, filha?

– Está machucando minha cabeça. – E ela retirou dedo a dedo a mão do pai para poder massagear o local.

Ele enfim ficou em pé e escovou o uniforme com as mãos. Amid chorava enquanto Amy só respirava com dificuldade. Suja e trêmula, ela esfregou a toalha no rosto e então notou as marcas. No rosto, resíduos da substância luminescente que impregnara sua testa e seu queixo lá embaixo. Amy brilhava intermitentemente, numa radiação fugidia.

Dois militares magros surgiram do nada e entraram no recinto. Amy esteve lá embaixo por uma hora e cinquenta e dois minutos. A luta contra o relógio era compreensível. O serviço religioso muçulmano começaria as seis e trinta da manhã. O local seria inundado por fiéis, aumentando o risco de uma conflagração de consequências imprevisíveis. A cronometragem toda se perdeu com a operação para recuperar Amy. Agora o buraco precisava ser disfarçado.

Fecharam a entrada de qualquer jeito, disfarçaram a escavação, e recolocaram os itens, tocheiros e castiçais em seus devidos lugares. Finalmente arrastaram o tapete medieval com o mosaico de três cores, que terminava aos pés de um dos cenotáfios.

Amy foi caminhando rumo à saída amparada pelo pai e por um soldado.

Ela era outra, e eles, outros.

Os dois operadores de rádio sorriam para ela. Exageradamente. Estavam confusos e abobados. Todos os integrantes do comando agora marchavam no contrafluxo dos árabes, que entravam para as rezas da manhã.

Ainda com as mãos cheias da seiva adesiva, ela andava sem olhar para o chão, só atenta ao brilho azul radioativo. Foi o instante no qual um estrondo foi ouvido. A batida, mais abafada e mais seca, fez parecer implosão em lugar fechado. Dois soldados, um cabo e um tenente ainda não haviam saído com todos os equipamentos usados na operação, incluindo os pertences de Amy.

Naquele exato instante, o material coletado, incluindo os apetrechos de arqueologia se perderam, em meio à fumaça, à confusão da evacuação de emergência e ao desespero. A mochila de Amy, o fio de náilon, a foto e as luvas não usadas se incendiaram. Outro oficial, já nas escadarias de acesso, quis voltar para resgatar os que ficaram, mas, pelo alto risco, foi impedido pelo grupo.

Aguardavam na escadaria quando os soldados saíram sem nada nas mãos. Tossiam, derrapando na aspereza da laringe, e todo grupo foi sendo empurrado pela multidão, que debandava. Aos gritos de cada um por si, a civilização colapsava.

Abrigaram-se, esperando que a fumaça se dissipasse. Vinte minutos, protegidos pelo desfiladeiro sulcado, profundo, que contornava todo o edifício.

Teriam que deixar a região sem poder usar abertamente o rádio. O oficial desenrolou o fio, deu corda, e, amparado pela confusão, conseguiu contato com a unidade móvel.

Só quando próximos da saída da muralha Amy evocou os passos arriscados.

– E mamãe? Ela sabe?

– Vamos sair logo daqui!

Ganharam a rua com alívio.

– Tenente? Pode vir, câmbio.

– Na porta, em cinco!

A equipe estava parada bem na entrada do esvaziado mercado, o *shuk* árabe do centro de Hebron – há três minutos da entrada da Fortaleza – escondidos atrás das paredes das construções e das mesquitas medievais. Em menos de cinco minutos um jipe blindado veio resgatá-los na frente da gruta.

Seis soldados conduziam dois generais com patentes à mostra, além de três oficiais não uniformizados. Todos embarcaram nos jipes que vinham na retaguarda. Ninguém se feriu gravemente e jamais ficou completamente esclarecida a natureza daquelas explosões.

Só quando subiu – já a salvo, dentro do veículo militar –, Amy narrou tudo a seu pai e aos dois generais que estavam a seu lado. Todos magnetizados pela menina.

Além de arqueólogo amador e abelhudo, Dayan era o ministro da Defesa. Superando a insatisfação, inspecionava a menina como um artefato duvidoso. Suas bochechas estufadas e os braços cruzados imóveis buscavam intimidar Amy, que, encistada no pai, não encarava ninguém.

No jipe militar sem amortecedor, o ministro examinava a fácies da menina. Tentava adivinhar quanto havia de invenção em toda aquela narrativa. Amy balançava com a maré de buracos da estrada e mantinha-se grudada ao braço do pai.

Tinha bem diante dos olhos a imagem: os dois deitados e uma espiral de letras. A cena a ocupava inteiramente, internamente, intimamente.

Os outros ocupantes do carro analisavam a inútil acareação que Dayan fazia com a menina.

Às vezes, Amy falava baixinho para que apenas seu pai ouvisse:

– É a terra, é sagrada!

Amid apenas apertava Amy pelos ombros sem conseguir responder.

– O céu é uma porta?

Ingenuamente Amy continuava perguntando como se qualquer um daqueles homens pudesse ter uma só resposta

– Por que esse lugar, por que assim? – Amy prosseguiu num tom ameno.

– Assim como? – Seu pai questionava de volta, fixando os olhos em Dayan.

Aquele olhar de veneração dos soldados dirigido a Amy passou a inquietar Amid. O grupo foi da perscrutação das confissões dela para um interesse estranho, descabido. Estavam obcecados e ávidos.

A voz da filha parecia interferir com as afeições do mundo e Amid, protetor, puxou a cabeça da filha para ainda mais próxima do ombro e cochichou para ela, definitivo como um advogado cauteloso.

– Amy, não diga mais nada.

Desdobramentos

Assim que Amy chegou a Jerusalém foi levada ao Hospital Hadassa. Examinada por equipes multidisciplinares, os médicos descartaram intoxicação ou qualquer distúrbio grave. O diagnóstico da psiquiatra que a consultou veio por exclusão: "quadro psicológico compatível com estresse pós-traumático". Os pais, orientados a buscar acompanhamento psicoterápico, trocaram a terapia por aulas de canto e música.

A história só vazou para a imprensa israelense mais de um ano depois, em outubro de 1969. A família foi isolada por recomendação das Forças de Defesa, que alegavam "questões de segurança nacional".

Investigações posteriores atribuíram a provável origem da explosão subterrânea a um vazamento de gás. Nunca se confirmou, mas a hipótese era de que a abertura profunda pela qual Amy penetrou liberou algum tipo de material inflamável. Anos se passaram e nunca mais se ouviu falar do episódio. Os registros foram apagados dos relatórios das operações oficiais das Forças de Defesa de Israel.

Em 1973, nova equipe visitou a Makhpelá para tentar reconstituir os passos daquele comando. Na verdade rastreavam resíduos que Amy recordava ter deixado no bolso do casaco. Chegaram à conclusão de que também isso se perdeu em algum momento do trajeto de volta. Na década de 1980, militares interditaram a gruta por vinte e quatro horas e rastrearam o caminho em busca dos apetrechos perdidos daquela expedição. Usaram tecnologia sofisticada em demoradas e amplas varreduras.

Nunca encontraram nada.

A análise química das roupas de Amy e do material leitoso revelaram:

"Seiva de borracha, geralmente extraída do caule de seringueira, *Hevea janeirensis*, árvore não característica da região."

Em 1986, equipes com material de rastreamento infravermelho fizeram incursões noturnas e, como nenhum material foi recuperado, novas missões foram proibidas.

Amy se recuperou em menos de um ano, mas só voltou à escola no ano seguinte. Graduou-se em letras, foi professora universitária e depois tradutora. Escreveu livros infanto-juvenis que, no início, publicava com pseudônimos. Na década de 1980, chegou a ser uma das dez escritoras mais lidas em Israel.

O pai de Amy, herói da guerra de independência de 1948 e depois general condecorado, Amid Loan Tammar, assumiu sozinho a responsabilidade e enfrentou um processo na corte marcial por insubordinação e conduta inapropriada. O julgamento ocorreu sob segredo da justiça militar. Golda Meir e Moshe Dayan foram inocentados.

"Devassando a Makhpelá" como ficou conhecido o episódio, virou tabu em Israel. E já nem era por ter posto em risco a paz do Oriente Médio durante um momento decisivo para o país, e sim por ter sido eleita como objetivo militar em meio a outras prioridades. A "exploração" ainda serviu como plano de fundo para alimentar conflitos colaterais entre religiosos e laicos. Em meio às controvérsias, Amid teve a patente rebaixada no fim do processo da corte marcial. Decidiu aposentar-se aos 63 anos e acabou falecendo aos 65, de causas desconhecidas.

O processo judicial movido pela família durou nove anos e oito meses até seu desfecho. A esposa recuperou a patente cassada do marido e ganhou um pedido de desculpas oficial do Exército.

A medalha Ben-Gurion, concedida postumamente por altos serviços prestados ao Estado, foi publicamente recusada pela viúva.

Alguns Escritos

Foi progressivo, fiquei cada vez mais recluso dentro do apartamento. Espaço que reconquistei a duras penas, em meio à aventura da minha catastrófica chegada à cidade e depois da falsa convicção de que havia sido vítima de um golpe aplicado pela internet. Demorei semanas para perceber que o apartamento era não só real, mas o único que eu poderia ter ocupado, o único no qual poderia escrever, o último lugar de criatividade. Percebi até por que demorei uma madrugada e metade de uma manhã para localizá-lo: nenhum êxodo é fácil. Ali dentro não havia contaminação. Nada de comoção externa. Naquela noite, entrei no apartamento inspirado e escrevi por horas a introdução para o ensaio que enviaria para o blogue.

Vendo a profusão de sentidos que cada um atribui a cada aspecto da vida, fico confortável com o conhecido aforismo da psicologia: não existe objetividade, a menor objetividade. Cada cabeça e cada organismo constroem sistemas de símbolos próprios, significados para cada significante. Da lesma ao acadêmico erudito, operam sistemas biossemióticos tão particulares e tão impossíveis de mensurar que todas as previsões só podem mesmo falhar. Não há objeto neutro, assim como não há duas interpretações ou versões semelhantes. É nessa fenda entre linguagem, identidade e representação, entre a impossibilidade da objetividade e o ritual que treina, que a tradição pode e deve sobreviver. Assim a religião parece ser, de fora, uma tradição, um corpus ritualístico e de movimentos estéticos predeterminados que agrega grupos de afinidades e reúne pessoas. Essa é apenas uma tentativa de explicar por que, do ponto de vista de um observador pouco contaminado, tudo parece sem sentido.

Enrolar-se em tiras de couro, colocar um xale com franjas para rezar, as três rezas diárias, a reclusão não criadora do schabat, *giros sufis, sinal da cruz, a genuflexão da prece islâmica, as festas e suas minúcias sem fim, o papel do vinho e do pão, os instrumentos de corte do* mohel, *a circuncisão, a leitura pública da* Torá *e a infinidade de apetrechos religiosos para atender às exigências formais da fé e todos os tratados da lei oral com os desdobramentos em jurisprudência, ética, legislação, transformam a religião em um formalismo exigente e severo. A prática da interpretação, literal* versus *hermenêutica, dividiu para sempre a mesma comunidade que nasceu de um único corpus. Nunca ninguém terá razão, nunca. Isso está, de alguma forma, explicitado nas incursões dos judeus caraítas, dos judeus das montanhas, dos judeus etíopes, dos judeus perdidos aos milhões, pois eles partem da ignorância e são obrigados a se deparar com o mundo caótico e não unificado. Por sua vez, um processo de reaproximação tem magnetizado judeus e crentes de todos os matizes a voltar às raízes e rastrear sua identidade não merece processo de conversão selvagem. É uma pena que pareçam viver todos e mutuamente num* apartheid *espiritual. Aliás, o peculiar e libertário não proselitismo judaico deveria ter nos ensinado um pouco mais em relação à "conversão dos infiéis". A ideia de que possa haver monitoramento dos mandamentos, e uma contabilidade do espírito, destrói essa liberdade. Ao conversar com as pessoas de opiniões definidas sobre tudo, nota-se entre religiosos fanáticos e radicais antirreligiosos uma similaridade autoexplicativa.*

O que nos salva, judeus ou não, são os pequenos encaixes na vida cotidiana. Aqueles que transcendem a política e a crítica social. Em uma palavra "salvações individuais". O nascimento da consciência "viva e deixe viver" mereceria comemoração, pois é disso que se trata. Significa que precisamos considerar a experiência das diferentes criaturas sob o conceito de que há um mundo interno que interpreta de uma forma muito particular cada evento. Deixar viver é o respeito absoluto pelo jeito com que cada um vivencia suas idiossincrasias. Não é fácil aceitar a diversidade. No entanto, o mundo precisa desse arejamento e isso pode implicar, necessariamente, um novo céu.

Reli imediatamente o que tinha escrito e me orgulhei antes de qualquer crítica.

Era raro que fosse tão autoindulgente, mas eu estava feliz. Na mesma noite, acordei com fome e depois de azeitonas pretas e de um arenque apimentado quis retocar o texto. Menos autoindulgente e muito mais infeliz, iluminei as páginas e as joguei na lixeira.

Agora era Amy, tinha que achá-la.

VI

Amy

Sem saber como prosseguir investigando a origem da história do negativo da polaroide, minha única saída seria encontrar alguma fonte primária. Algum fato, registro ou pessoa ligada aos acontecimentos daqueles dias: precisava encontrar uma testemunha.

Tarefa quase impossível: décadas sem notícias num evento mistificado e que virou tabu. Organizei uma lista de todos os envolvidos. Dos militares aos médicos que tiveram contato direto com Amy.

Era notável que quase todos houvessem morrido. Moshe Dayan, o cabo Lothar D. Munk, os soldados Kalik Don e Pinhas Elias Kaufmann. Só duas testemunhas sobreviveram: um médico que agora mora nos Estados Unidos; e um psiquiatra que emigrou para o Nepal nos anos 1980.

Não tinha mais escolha. A melhor chance de avançar no entendimento dos fatos misteriosos seria encontrar Amy ou algum de seus parentes.

Fontes para determinar o paradeiro dela? Não havia. Mas eu tinha uma vantagem sobre os outros. Só a técnica brasileira cara de pau costumava dar certo. Foi assim que consegui o contato com o Museu de História Natural de Nova York, assim foi que montei o Departamento de Pesquisas e todos os convênios que conseguimos para o instituto. Como se sabe, só jornalistas acessam contatos impossíveis. Dos arquivos dos jornais da época listei três nomes.

Primeiro liguei para o adido cultural brasileiro por lá e pedi contatos com as redações dos jornais de Israel. A secretária foi fria e evasiva, ela não facilitaria a busca. Dois jornais não retornaram a ligação e depois de mais de duas dúzias de tentativas, desisti.

Última tentativa. Com o celular, liguei na cara dura para a redação do *Haaretz*. Me identifiquei como colunista de um importante jornal brasileiro. Meia verdade, eu só publicava um blogue. Depois de alguma espera e três transferências, consegui falar com Dani Acer, o jornalista sênior, que, em 1967, cobriu e acompanhou os fatos e teria entrevistado rapidamente a garota, Amy.

Dani não sabia onde Amy vivia – e suspeito que jamais diria mesmo se soubesse –, mas quase involuntariamente soltou a dica que, na verdade, era uma casca de banana:

– Senhor Mondale, procure a mãe de Amy, Talassa Tammar, ela vive num asilo perto de Askhelon, extremo sul do país.

– Agradeço sua gentileza.

– Ela deve ter uns noventa anos, e em avançado estado de demência. – Ele deu uma risada tosca e concluiu – Não sei se seria uma boa informante.

Quando não se tem nada, servem até cascas de banana. Era isso ou nada. Rumei de táxi em direção ao sul, determinado a obter o endereço de Amy.

No começo economizava centavos e agora gastaria o que fosse necessário, duzentos ou trezentos dólares não importavam mais. Já no *lobby* do asilo me identifiquei como um parente distante. Mentir faz parte da profissão. Como esperado, Talassa Tammar estava inacessível.

– Só se o senhor tiver uma autorização da filha dela – me disse a simpática atendente tailandesa. Orientais encontraram um bom nicho de trabalho em hospitais e asilos israelenses.

– Não tenho, tenho certeza de que, se falasse com ela, ela autorizaria. Veja, isso é muito importante, e eu vim de muito longe.

– De onde o senhor vem?

– Do Brasil.

A moça olhou para cima, como se rezasse por mim.

– Ainda que a administração do asilo permitisse, pode acreditar, não seria agradável para o senhor.

Estranhei e ela percebeu.

– Dona Talassa está com feridas dolorosas. Não reconheceria o senhor. – E, imediatamente, a moça articulada se despediu levando embora sua meticulosa prancheta de anotações.

Fiquei no balcão do *lobby* de entrada tentando entender o sofrimento de Talassa. Esperava por alguma informação, quando o carteiro chegou. Deixou uma pilha de correspondência do dia e sumiu.

Qual seria meu próximo delito? Discretamente, fui desmembrando a pilha. Repassei cada carta e... lá estava. Um envelope bem fino que parecia conter um cheque e estava endereçado à administração do asilo com o nome da idosa.

O remetente: Amy Tammar. Fotografei o endereço com meu celular.

A enfermeira tailandesa estava voltando e fui em sua direção, rumo à saída.

Ao cruzar com ela no corredor, muito simpática, ela cochicha usando a mão para disfarçar:

– A filha mora em outra cidade. Se o senhor quiser pode procurá-la. Desculpe. Nós não estamos autorizados a dar o endereço dela para ninguém.

Agradeci com um aceno e caminhei orgulhoso pela aquisição. A contravenção é válida quando serve a um nobre propósito, é o que nove entre dez políticos costumam dizer.

Como todo criminoso olhei para trás e vi a enfermeira arrumando minha bagunça na pilha de correspondências.

Persuasão

Precisava de uma estratégia para persuadir Amy.

O desestimulo de Acer me fez ver que, sem tática, estaria condenado ao fracasso:

– Mondale, não quero ser estraga-prazeres, mesmo na remota hipótese de que você consiga o endereço.

– Sim?

– Desista, Amy não concede entrevistas, nunca concedeu.

Pelo levantamento que fiz, a mídia israelense ficara obcecada pela história durante décadas. Especulou-se muito sobre o que foram os acontecimentos daquele julho. As manchetes, recuperadas dos arquivos digitais, iam de experiências místicas às amnésias transitórias de Amy desde sua descida na caverna em Hebron.

Devo ter ligado centenas de vezes até conseguir o encontro. Para isso tive que omitir, distorcer e filtrar informações. Até conseguir vê-la, estava determinado: não revelaria o que pretendia.

Quanto à escritora Amy – que usava o pseudônimo de Anatole Carmel – os israelenses se cansaram de sua reclusão e espírito reservado. A maioria do público tinha por certo que era uma *persona* criada por ela apenas para vender mais livros e turbinar seu nome.

Lembrei da última advertência desencorajadora de Dani Acer:

– Mesmo que você conseguisse, seria uma entrevista impossível: ela é uma senhora misantropa, facilmente irritável e muito estranha!

Enfim consegui marcar a entrevista. Falei com alguém que poderia ser sua filha ou neta.

No dia, tive que viajar algumas horas, pois ainda estava alojado no extremo sul de Israel para um encontro com um dos líderes da extrema esquerda. Ele apareceu, mas quando explicitei que o que escrevia não tinha compromisso com nenhuma linha ideológica, ele se levantou e se foi.

Consegui carona de volta numa van que transportava religiosos. Era notável como as mulheres tinham papel circunscrito dentro do *entourage* religioso. Homens e mulheres sentados em fileiras separadas. Fiquei especulando e anotando como as mulheres se sentiam.

"Oprimidas ou resignadas pelo conforto? Prontas para usufruir num futuro distante a nobreza silenciosa de quem não é prioridade?"

Sabia por informações sigilosas (nunca conte nada a um escritor fora do ambiente médico ou jurídico) que Amy tinha processado a editora por um simples erro de grafia numa única palavra. Exigiu da editora o recolhimento de todos os exemplares, e, em Israel, assim como na Europa, as tiragens são altas, nunca inferiores a trinta mil cópias. A editora recusou-se a recolhê-los e estava determinada a não reimprimi-los. A Suprema Corte de Israel foi acionada – um colegiado sem um único dedo do poder executivo – e, em uma semana, deliberou a favor dela.

Voltei para o meu esconderijo-base em Jerusalém e segui diretamente ao ponto de táxi que me levaria até a cidade de Amy. Estava atrasado, tentei ligar, ninguém atendeu.

A foto do endereço do remetente em hebraico foi mostrada ao motorista que me informou:

– É longe: Ahov, 57, Rhoda Sharon, Tel Aviv. Serão uns cinquenta dólares.

– Tome cem. Dirija o mais depressa possível.

Cheguei e me deparei com o sobrado com um exótico e desproporcional jardim à frente. Um pomar com árvores frutíferas que se alternavam com espécimes vegetais do deserto. Entrei numa pequena sala toda de vidro. Era tão clara e branca que meus olhos sentiram a mudança. Amy vinha acompanhada por uma jovem que ficou esperando do lado de fora. Assim que ela entrou, o estereótipo foi desconstruído.

Aos sessenta e quatro anos, seus traços eram finos, com um nariz anormalmente pequeno e tão simétrico que uma linha absoluta poderia ser traçada da cabeça até o lábio sem encontrar nenhum desvio. Bonita e precocemente envelhecida, parecia disponível e cordata. Notei pequenos lapsos que eram mais distrações que problemas ligados à memória.

– Sou Adam Mondale, obrigado por me receber.

– O senhor vem de onde?

– Do Brasil.

– Anatole Carmel. Em que posso ajudá-lo, senhor Mondale?

– A senhora é uma das escritoras mais lidas em Israel. Gostaria de saber se há algum motivo particular para não permitir que seus livros sejam traduzidos? No Brasil, só achei uma coletânea com textos seus, organizada por uma professora da minha universidade.

– Eu experimentei, juro que sim, mas quando vi as traduções... – abriu os braços lamentando – elas não eram eu. Eu não estava ali, entende?

– Todos os outros autores aceitam... é uma aproximação, melhor do que nada.

– Não sei como! Prefiro o nada. Aceitar que suas obras sejam distorcidas com a justificativa de que essa é a forma de expandir o público? – Amy esboçou certa agressividade, mas habilmente a contornou com elegância no tom de voz.

Percebi que precisaria manejar a conversa noutra direção e jamais citar a polêmica com a editora.

– Amy...

– Como você descobriu o meu nome?

Ignorei a pergunta e prossegui.

– Você já ministrou oficinas literárias em vários países: pode resumir sua experiência? O que é a criação literária para você?

– Definir seria aceitar o reducionismo. O momento criativo é um marco zero, não é precedido por nada.

Fiquei esperando o complemento que não veio. Ela parecia observar compenetradamente o cacto bifurcado do lado de fora da casa. Quando também olhei para o jardim, Amy disse, sem desviar o olhar dos espinhos.

– Eu costumava dizer aos meus alunos. Escrevam. Escreva que o talento aparecerá. Escreva, pois a escrita não redime nada nem ninguém. Não há garantia, e esse é o máximo de garantia que você vai conseguir!

– Pode explicar melhor o contexto? O que significa garantia?

– De liberdade. Para mim, escrever não é mais um ajuste de contas do autor com seu passado. Isso só é justificável nos livros iniciais de um autor. Depois é o sentimento cômico e o grau de liberação das idiossincrasias que vão decidir o talento do escritor. Sou agradecida por tudo que me aconteceu. Hoje percebo que o presente é melhor que o passado e mais promissor que o futuro.

Tentei perguntar mais, explorar melhor, sabia que estava sendo superficial, sobretudo artificial. Queria que minha anamnese conduzisse Amy ao passado, mas ela prosseguia observadora, concentrada na literatura.

– Jogue as sementes ao acaso, alguém apanhará, mas não espere por frutos, nem da terra nem do céu. Nosso único orgulho como artista está num modo muito particular de se expressar.

Eu estava ficando irritado comigo mesmo e com ela; tudo era muito parecido com as opiniões de Assis Beiras.

– Amy, se suas obras estivessem traduzidas, suas ideias iriam para além das fronteiras do idioma... o hebraico é um tanto restritivo. Acha que todos precisam aprender hebraico para poder lê-la?

– Não. Mas quando meus herdeiros autorizarem as traduções o público precisará saber que estão lendo outra pessoa. Não eu.

Depois Amy engatou uma longa digressão de todas as teses e ensaios críticos sobre sua obra.

– Você pode me chamar de vaidosa, e sei que vai, aí no seu jornal, não me importo. Para mim, a escrita é um passeio na filosofia através da filologia.

Vi que Amy estava ganhando confiança e sua arrogância se elevou a uma indelicadeza que até ali não esteve evidente. Ela se interrompeu para beber água e não disse mais nada, apenas sorria, protocolarmente, a cada gole.

Amy deveria estar considerando: "Ele tem um subtexto, outra intenção e um propósito não confessável."

Ela então espremeu os olhos como se quisesse me ver melhor, apesar das lentes grossas; retirou os óculos e em seguida me ofereceu chá e bolachas de nozes.

Terminamos o chá de jasmim sem que Amy conseguisse definir exatamente o que eu, seu entrevistador, queria. Foi nesse momento que ela se aproximou de mim inclinando o corpo para a frente

– Só quando eu morrer vão poder publicar, em outros idiomas! Eles ainda acham que é orgulho ou questão de princípios e confundem isso com início de esclerose. O senhor entendeu de onde provém minha resistência? Vem de muitos lugares, mas não da demência.

Ri dessa pergunta e fiquei aliviado por perceber que ela já me tinha como um cúmplice. Mas o alívio mesmo estava em ver melhor por onde sua desconfiança pairava. Como um bom despiste foi sugerido por ela, minha vida útil ali teve uma pequena prorrogação.

Não conseguia me desvencilhar da imagem dela como a menina que entrou onde ninguém havia adentrado em séculos. Por sua vez, Amy aumentava sua convicção de que este jornalista aqui foi enviado a ela para tentar convencê-la a deixar que seus livros fossem traduzidos.

– Como explicar? – Amy emendou. – Eu não quero parecer convencida, mas o que faço é tão único! Depende do entendimento tanto quanto da sonoridade e do ritmo. Não consigo explicar, não sei bem se o senhor entenderia – e fez uma expressão como querendo contemporizar a presumida ignorância de seu interlocutor.

Ela representava muito bem o outro lado da moeda, o feminino, considerando o mundo laico e religioso, tradicionalmente centrado nos homens e nas coisas masculinas. Apesar da vaidade não acidental da maioria dos escritores, a determinação de Amy em ser escritora representava uma reafirmação laicizante.

Sua mãe, em meados do século xx, já era uma escritora, fruto de uma geração que simbolizava independência e autonomia num mundo regido por chaves masculinas.

Segui como podia, aliviado por ainda esconder a verdade.

– Como descobriu que seria escritora?

– No jardim de infância eu sentava e contava histórias. Concordo com quem disse que o escritor não é aquele que escreve, mas um modo particular de enxergar o mundo. – Um suspiro corta a narrativa. – Eu me dispersava porque queria me dispersar. Para escrever há um fundamento inevitável: é preciso se estranhar. Eu tinha as duas coisas e, por isso, contra todos, segui escrevendo.

Eu já nem me movia, se a entrevista fosse sobre esse assunto seria exitosa. Mas não era. Amy agora falava sem precisar de estímulos; ela olhou mais uma vez para o jardim e, de novo, seus olhos se distanciavam:

– Mas o que sempre chamou minha atenção são pessoas, as relações. Este é o único centro do meu processo criador. Sinto falta de Jerusalém… não pelo lugar que moro, que é muito bom, mas pelos anos que se passaram.

Ela parou e terminou o chá olhando pela janela, na qual havia uma seringueira anã plantada no vaso do parapeito. Sua fala assumiu a expressão melancólica. Ela ameaçou chorar, disfarçou, soluços se seguiram. Perguntei sobre a tradição judaica em sua obra e Amy foi categórica:

– Há muito tempo só escrevo sobre as pessoas. Talvez muitos encarem, assim como você – nesse momento ela me observou melhor, escolheu um olhar indeciso e completou –, como um olhar estrangeiro e o resumo talvez seja o falso contraste entre Tel Aviv e Jerusalém.

Olhei para ela meditativo e sem vontade de continuar arguindo.

– O contraste é verdadeiro, os motivos, falsos. Mas as aparências não podem explicar nada. Talvez possa haver algo espiritual na literatura, não sagrado nem religioso no sentido canônico, um elemento espiritual mais ou menos involuntário. Se quer conhecer Israel de verdade, vá para as ruas, veja o que falam no mercado, nas peixarias, converse com taxistas. Lá esta a verdade, não aqui nem nas universidades, muito menos no *Knesset*[10].

O problema da linguagem tornava-se patente em todos os momentos. E, de todos eles, o momento mais significativo foi quando ela pôde expressar como opera seu processo criativo. Meu alívio aos poucos foi sendo substituído por tensão.

---

10   Parlamento israelense.

Agora precisava falar. Finalmente, me ajeitei, bebi um grande gole do chá e deixei a câmera de lado para arriscar a sorte:

— Amy, preciso perguntar sobre sua experiência na caverna em Hebron.

Os olhos de Amy não trouxeram surpresa. Ela na verdade nem piscou. Apenas virou-se e refez o queixo para indicar que a entrevista terminara.

Percebi e ainda assim tentei interceder. Logo que falei achei que tinha sido um erro. Se eu fosse decente, teria pedido desculpas e me retirado.

— Estou com uma foto.

Enquanto ela saía, uma confissão:

— Só um fato, e ele é uma realidade: não tenho ideia por que, mas desde que desci lá, sou amada por quem atravessa meu caminho.

— Por favor Amy, achei uma imagem que você fez lá embaixo.

Esbocei insistir, ela calou a conversa

— Mondale, nem toda descoberta precisa ser explorada.

Em meio a meus novos pedidos, ela suspendeu tudo por segundos sem se mexer, em seguida saiu da sala atravessando a porta de vidro sem olhar para trás. A moça que acompanhava a entrevista do lado de fora também se despediu com pressa, depois de me indicar o caminho da porta.

— Já chamei um táxi.

Despachado para o saguão de entrada, esperei no jardim, sentado num banco do lado de fora. Estava lá há uns dez minutos enquanto olhava a grama e avaliava suas plantas.

Imaginei Amy saindo pela porta lateral vestindo outro tipo de roupa. Seus olhos brilhavam sob um véu azul com filetes dourados que desciam em listras verticais. Usava um avental branco parecido com a roupa que se usa no ritual do dia do perdão. Sob a estranha atração, contive os impulsos para não me prostrar. Precisava me aproximar dela. Acordei, invadido pelo sentimento abusivo do amor instantâneo.

De volta à grama do jardim, recordei de um sussurro de Assis Beiras:

– A imanência. Eles não conseguem suportar, mas ela é que nos torna transcendentes!

Assis apoia as mãos nos joelhos como quem se prepara para levantar pela última vez:

– Deus não morreu, só estamos completamente errados sobre sua natureza!

Tive que me censurar. Censurei-me, porque não estava mais na idade de amigos imaginários. Na verdade, Assis Beiras falecera anos antes de eu perder o cargo no instituto. Morte súbita, sem diagnóstico, terapêutica ou autópsia.

De novo, esperando no jardim, pensei em Amy, e um sentimento foi mais rápido do que eu: outra vida já havia invadido a minha. Enquanto tentava me reerguer, Guila, a mulher jovem, filha de Amy, veio em passos rápidos, atravessou a porta de vidro, e, ofegante estendeu a mão:

– Minha mãe pediu para te entregar...o último livro dela! E esticou na minha direção um volume de capa preta toda de couro com inscrições douradas na lombada.

Deitei a mochila no chão para inspecionar a obra. Junto, estava uma antiga fita cassete bem embrulhada em plástico A etiqueta trazia uma tinta vermelho brilhante escrita em letras de forma em hebraico,

"Falantes"

– Obrigado! Agradeça a ela por favor!

– Ela marcou uma página! Adeus, senhor Mondale.

Saí da casa e, depois de atravessar o jardim, fiquei esperando o transporte do lado de fora.

Os Bímanos.

Estranhei o título e abri a página com o marcador:

"O sobrenatural é estarmos aqui, vivos."

Uma comoção sem fim me fez chorar.

O táxi finalmente chegou, disfarcei meu estado para o motorista e embarquei de volta para Jerusalém. Constatei que o presente era uma edição incomum. Eram datiloscritos originais de Amy redigidos em inglês, num papel fino e quadriculado.

Ainda transtornado por aquela experiência e afundado no banco de trás do táxi, comecei a ler.

Naufrágio da Poesia

Tive grandes dificuldades para desafiar meu treino acadêmico e formação científica de descrença profissional. Não acreditava em mágica, espíritos ou vida organizada fora da Terra.

– Esse aqui é o último fragmento vivo do cosmos e o homem, o único fermento falante. Pelo menos até que os escaravelhos possam ser ouvidos. Foi como encerrei uma das últimas aulas que ministrei na pós-graduação.

De fato, agora não seria atividade acadêmica, pesquisa, aulas, feiras literárias, visitas aos museus ou negócios. Estava sendo pago para escrever, precisava escrever.

Iria notificar a mim mesmo de que eu desistiria da poesia. Abriria o texto com coragem:

"Confesso já aqui, no primeiro parágrafo, que este é o diário de um náufrago terminal cuja esperança só sobrevive graças ao compromisso com o patrocinador"

"Um psicólogo como eu precisa, antes de tudo, encontrar o *leitmotiv* do espírito. É preciso aceitar que não importa no que acredito ou não. Só a neutralidade não confiável pode conseguir isso. Me convenci aos poucos de que, para ter alguma chance de escrever, seria preciso perder o rumo ou rumar errado. Vou desprezar o fato de que vivemos numa época dividida entre tradição e dúvida. Também vou ignorar a predição de tantos de que o século XXI voltaria a ser uma era espiritual!"

Antes de viajar de volta, na velha mesa ao lado do vinho azedo tracei um último roteiro que começava mais ou menos assim:

"Na era dos paradoxos, não temos mais um mundo preparado para aceitar a verdade. E, já de cara, vamos desfazer qualquer tentação. Esta é uma época diferente de todas as outras, ainda que homens de todas as épocas devam ter feito esse mesmo diagnóstico. A peculiaridade desta é que a já conhecida sensação de transitoriedade é mais rápida, por isso não existem mais respostas definitivas, não existem respostas, não existe definitivo."

Imediatamente assassinei os rascunhos, posicionei o cursor, apaguei tudo e recomecei com:

"Priorizei a investigação da crise contemporânea. Qual delas? Há falta de identidade com colagem indiscriminada. Tudo se resume a copiar, cortar, colar. Não parecem haver novas fronteiras. Mas, desta vez, farei a investigação cientificamente, com os preconceitos controlados pelo método! Estou disposto a ir até as últimas consequências. E faço a pergunta que já se tornou redundante, repetitiva, cansativa: o atual mal-estar na cultura é contingencial, estrutural, essencial?"

Inútil, eu sabia que as perguntas continuariam sem respostas:

"Era para ter viajado com o espírito livre, mas fui contaminado pela rede porosa e movediça das dúvidas. Anos e anos de doutrinação acadêmica, teorias e racionalizações para admitir que não se pode mais ter convicção, sobre nada, a certeza zarpou e não deixou endereço."

"Hoje percebi como se aniquila um poeta. Alguém já tinha anunciado o antídoto – desaprender o que está nos livros –, mas quem poderia acreditar? A primazia da matéria e da vida baseada em sucesso dá nítidos sinais de desgaste. A forma superou o conteúdo. O rigor substituiu a fé. O medo, a devoção. A alegria virou resultado de comandos externos. A experiência, pasteurizada. A mitificação instantânea tomou o lugar da vida. Se a alma existe mesmo, vive algures! Mas onde? Ninguém viu, ninguém voltou! Ou era só isso mesmo e, como sempre, estamos levando tudo para o lado pessoal?"

"Por que não podemos viver como animais que somos? Buscar prazer onde há vida? Por que será que não nos conformamos: talvez sejamos só isso mesmo, fins sem meios, fins em si mesmos. Finito."

Aqui, neste ponto, fechei os olhos, dormi e depois dobrei o caderno, nessa ordem.

Quem Manda Pedir Provas?

Preparar-se para voltar ao Brasil era sempre aflitivo, mas nunca como desta vez. E não era pela eterna turbulência política, pela anomia, por toda instabilidade. Eu sentia uma lacuna na minha estadia por aqui, faltava absorver uma parte da experiência, vivê-la até o fim.

Israel anoiteceu, o sétimo dia chegou e Jerusalém mais uma vez, milênio após milênio, silenciou. Não se via ninguém nas ruas às vésperas dos minutos que antecediam o pôr do sol. O sol desaparecia com as pessoas.

– Onde estão todos?

Naquele fim de dia, desci a rampa em direção ao Muro Ocidental sob a lua quase cheia refletida na minha cabeça. Não estava esperando nada, mas como escreveram nas lendas, era a sensação típica que geralmente precede o "tudo pode acontecer". É que o *schabat* exala uma enzima que induz o estado híbrido, entre matéria e espírito.

Um estado no qual a consciência intelectual é rebaixada ao elementar e um desconhecido se impõe, a pele extra se sobrepõe. Abre-se tudo aquilo que os estados normais querem, desesperadamente, suprimir.

Cheguei na entrada do Muro e dei de encontro com o rumor. Ali, com os olhos quase fechados, entrei e deparei com a multidão. Cem mil pessoas cantando, rezando, festejando e pulando em rodas musicais.

Velhos e jovens, homens e mulheres mudavam de lugar com uma excitação juvenil ridícula.

– De onde vem toda essa euforia estúpida? – Quis saber e não sei por que estendi as palmas das mãos para cima.

Eu era o estranho que se estranhava.

A minoria dissipada numa outra minoria que ali, excepcionalmente, era maioria. Gente idosa parecia ter recuperado algum tônus e na pele enxuta um brilho lustroso de vivacidade. No ar, mistura de vozes, murmúrios infinitos que não cabiam naquele recinto e tinham que subir para algum lugar.

E no meio do tumulto, contiguamente, a mesquita ao lado conclamava seus fiéis, e, em seguida, os sinos de um templo cristão emanavam o som de seus badalos. Foram alguns segundos, mas tive a sensação, quase um frêmito corporal, de que as guerras poderiam terminar bem ali, que alguma união seria possível. Uma só clareza foi realizada: não teríamos choque entre civilizações se tivéssemos uma.

As particularidades ambientais daquele lugar não permitiriam que nenhum paisagista traçasse uma linha sequer, caso quisesse se ater à realidade. Os únicos elementos que quebravam o vigor metafísico da festa eram as catracas eletrônicas e as patrulhas de soldados fortemente armados. Anos esperando por um fenômeno inexplicável, um que transcendesse a lógica. Seria o caso de aposentar toda erudição, toda carga da razão e capturar o momento, o extraordinário se passava bem à minha frente.

Tudo vivia. Tudo se transformava em agradecimento. Tudo acontecia ali.

– O que louvam? – Não compreendia o júbilo, mas era algo contagioso.

– Estão gratos!

– Gratos pelo quê?

– Pela presença.

Minha razão reagia. Estavam todos infantilizados pela esperança mítica, sem levar em consideração os custos dessa manutenção. Alguns choravam, mas não era difícil apostar que o pranto não brotava do desespero.

– Isso vem do fervor?

Era tanta gente, tantas vozes, tons e falas que custei a prosseguir até encostar a testa no muro gelado. Quando o toquei, vieram os calafrios. Não era pelo tamanho dos blocos, nem pelas pedras de faces lisas, irregulares e sulcadas que se pareciam com as de pedra-sabão de Minas Gerais. Sob aquele calcário maciço, perturbado pelo ruído bíblico do murmúrio coletivo, os rumores internos falavam mais alto do que eu desejaria.

Eu estava com a cabeça apoiada na pedra, acoplado e tentando imitá-los, com quase meio corpo dentro da fenda.

Não usava *Sidur*[11] nem livro nenhum, e confesso: rezei pela primeira vez na vida.

– Eterno dos Exércitos – e fiquei sem saber como completar. Assis Beiras já havia dado a dica: peça o que mais te falta!

– Um coração vivo! – disse de bate-pronto.

E assim, com a intimidade unilateral restabelecida, fui fazendo ressalvas para Deus.

– Senhor: pode ser via afetiva, estética, pouco importa. Para quem reza pela primeira vez, imagino que as concessões do lado de lá sejam mais fáceis.

Só ao abandonar tudo se entende o método da desistência sagrada. Mas o método já não era mais importante. Tanto fazia se as danças rituais seriam horárias, anti-horárias ou bidirecionais.

Estava farto não dos costumes nem da tradição ou do ritualismo religioso. Estava farto da minha própria vigilância mental. A patrulha interna que construía um templo por dia para que eu o destruísse em seguida. Estava cansado da rotina irregular, da fé irregular e das muitas escolhas estranhas por vias sinuosas e inconstantes que fiz na vida. Ali, naquele momento, considerei se a morte cairia bem.

11   Livro de rezas litúrgicas.

Deus – caçoei –, por que você responderia para este sujeito relapso, com enormes lacunas ritualísticas, um quase infiel?

Na hora, senti um sono agudo e exagerado. Encostei a cabeça coberta pelo solidéu de crochê contra uma vegetação que sobrevivia entre as pedras. Imaginei o famoso sonho de Jacó que dormiu apoiado numa pedra e a escada por onde passava o anjo com o qual ele lutou. O chão ficou instável e o muro zarpou comigo acoplado. Eu agora vagava pelos extremos. Os lugares que se visita quando não se deseja, onde nenhuma estação parecia próxima.

Eu já queria interromper a viagem, mas simplesmente não conseguia. Não é fácil, mas as vezes o sujeito reconhece quando é tarde demais.

"Quem manda pedir provas? Elas podem vir e já não se pode recusá-las."

Nunca como ali o aforismo de Truman Capote fez tanto sentido: mais lágrimas foram derramadas por pedidos atendidos que recusados.

Aos poucos, o muro estabilizou e agradeci pelos ajustes do piloto automático. Mantive os olhos fechados, e quando os abri, estava no chão, rodeado de olhares curiosos e gente perguntando em três ou quatro idiomas:

– Você está bem?

– Quer uma ambulância?

Quando alguém pode decidir sobre isso já está a salvo.

Com o meio sorriso dos que não sabem mais responder, me ergui contra a multidão que insistia em ajudar. Ressurrecto, caminhei lentamente até achar um pouco de água sob a atenção dispersa de ex-curiosos

Mata-Borrão

Desde que chegara a Israel só anotara alguns raros fragmentos de sonhos. Registrei um dos mais marcantes. Naquela noite em que tive a síncope no pátio do Muro, quase às vésperas da data de regressar ao Brasil

Tomei nota de todos os detalhes e diálogos. Não conseguia reconstituir todo o ambiente, mas ele teve lugar numa mesa parecida com a que eu tive quando recém--formado. Era o meu primeiro emprego, um consultório que dividia com mais dois psicólogos bem no centro da cidade, em São Paulo, ao lado da Faculdade de Direito do Largo de São Francisco.

"Era um dia chuvoso. Eu sentado à mesa com as pernas cruzadas na minha velha sala e duas outras pessoas me olhavam com as sobrancelhas baixas, indicando pena. Ficava constrangido por não saber por que a comiseração. Bem atrás da minha cadeira um velho gravador que usava fita em rolo Hitachi, da década de 1960, no qual eu gravava aquela que parecia ser uma sessão de supervisão.

Imediatamente percebi que não era isso. No fundo da sala rolava uma conversa da qual eu não tomava parte. As duas pessoas estavam bem na minha frente – e ainda que pudesse observar suas faces eu não conseguia identificá-las. Ambas exerciam, involuntariamente, alguma autoridade opressiva, praticamente intimidatória.

Era um tribunal informal e eu era o réu. Algo entre a suspeição velada e a insinuação de um erro imperdoável. Longe de um tropeço circunstancial do passado, avaliavam um deslize gravíssimo, uma mácula moral, algum crime permanente, que acabara de ser cometido. E o currículo era meu, manchado com uma espécie de miasma.

Havia um espelho na sala que se estendia do teto para todo o chão, e me lembro bem da sensação de pisar com máximo cuidado para que não ele não trincasse.

A mulher manipulava um mata-borrão com cabo redondo de madeira laranja. Parecia brincar com o cabo produzindo no objeto um efeito gangorra. O mata-borrão estava sobre a mesa bem ao lado de um homem já bem velho, cujas rugas estavam preenchidas por água de lágrimas represadas. Mais que marcas de envelhecimento, aquele líquido no rosto do velho impressionava. Eram verdadeiros canais tributários formados pela umidade do choro que afluía ao redor dos olhos.

Enfim um filete daquela torrente de lágrimas começou a descer sobre a foz, pingando na mesa, e era drenado intermitentemente pela mulher usando o mata-borrão.

Eles pareciam trocar informações um pouco antes de anunciar o meu veredito:

— Isso é completamente inadmissível, ninguém tem culpa. Eu só escreveria se pudéssemos deixar isso bem claro!

— O mundo quebrou! Com religião, sem religião, o mundo está trincado.

A mulher interrompeu o homem pegando em sua mão

— Ousar ou perder, são as escolhas. Por que temos que escolher entre tradição e ciência?

O velho homem ainda tentou interferir, mas a mulher prosseguiu com ostensiva serenidade:

— Teremos que ficar com os dois. Se as conversações estão todas lá, o que podemos fazer além de escutar.

Nesse momento, entrou uma luz deslizante, bem abaixo do tapete, invadindo a soleira que parecia sustentar a porta. Eles se viraram para trás e reconheci seus rostos: eram Amy e Haas.

Acordei com o travesseiro ensopado de suor e lembro de ter dito para mim mesmo:

"Só preciso da memória, só de um pouco de memória."

VII

O Furo

Naquelas semanas os jornais estampavam todos os dias as primeiras páginas comentando o que acontecia em Hebron. Por ter centralizado os trabalhos e a coordenação das escavações, Haas tornou-se figura conhecida, e a popularidade inflou seu cinismo.

Chegaram a cogitá-lo para as eleições do parlamento por um partido de centro-esquerda. Para sorte geral, Haas tinha aversão aos políticos e à política.

– Eu seria um terror, e esse é um povinho difícil – explicou aos políticos que o sondavam.

Mas ele não queria nada além de esclarecer o que Adam descartou em sua mesa. A exumação dos cadáveres sepultados na Makhpelá teria prioridade universal. O sigilo em torno dos achados iniciais foi bombardeado depois que o periódico *Der Spiegel* publicou fotos parciais – recuperadas do laboratório Teclab usado – com as manchetes

"Túmulo de Adão na Makhpelá?"

"Restos Mortais da Primeira Mulher"

Como furo era sensacional. A turma de arqueólogos, cientistas e religiosos finalmente chegou, com as sondas, tomógrafos e outros equipamentos. Vasculharam todos os pavimentos da caverna. Depois de duas semanas não encontraram nada que correspondesse à foto. Nada de cadáveres, seres gigantes, muito menos seringueiras da Amazônia.

As equipes que transmitiam ao vivo colocaram manchetes, em tempo real, de que a maior e mais cara expedição arqueológica de todos os tempos resultou em fracasso igualmente colossal.

As manchetes logo mudaram:

"Dinheiro Público Desperdiçado em Pesquisas Inúteis"

"Os Contribuintes, Subsidiando Aventuras Arqueológicas"

Os corpos achados datavam de um período muito posterior. Pelos trajes, ossadas de beduínos do deserto soterrados em escavações antigas. A datação confirmava a segunda metade do século XIX. As sepulturas de Abraão, Isaac e Jacó e respectivas esposas estavam lá, assim como supostamente seus restos mortais. A cova de Abraão foi a única no qual legistas encontraram vestígios ósseos que denotavam uma altura humana não muito comum, de cerca de 2,12 metros.

Depois que todos os tomógrafos de campo fizeram as prospecções e findaram suas análises, a esperança de uma revolução científica na Makhpelá declinou, até sumir completamente nas semanas seguintes. Haas cogitava várias hipóteses:

– Os restos humanos originais, assim como o céu testemunhado por Amy, nunca existiram. As ossadas gigantes teriam sido removidas para um lugar desconhecido qualquer?

– No caso da passagem descoberta acidentalmente por Amy, e nunca reencontrada, a explosão de gás que se sucedeu à entrada clandestina na gruta teria pulverizado os túneis e seus rastros de tal modo que tudo foi devolvido ao pó original.

Na entrevista coletiva, Haas tentava sintetizar as hipóteses mais plausíveis:

— Professor Haas, o que pode ter acontecido? – perguntou o repórter do *Haaretz*.

— Foi a explosão relatada pela menina?

— Isso faz mais de quarenta anos. De lá para cá, ossadas podem ter sido destruídas e as evidências soterradas. Serão precisos anos de rastreamento, peneiras e trabalho de campo em toda essa área. Inviável, portanto.

— Falou-se de terrorismo, ações deliberadas de ocultamento por parte do governo, complô religioso da extrema direita, sabotagem da esquerda! – O correspondente da BBC, que gritava, era o único que seguia as normas e usava o ridículo capacete em forma de cone. Ele esticava as capas da semana do *Der Spiegel* e *The Times* anunciando as entrevistas de Haas.

— A foto foi um equívoco, uma fraude involuntária, senhores. Confundimos uma caverna e demos vazão à fertilidade de nosso imaginário.

— Por que nem as fotos, nem os frutos do seu experimento revolucionário nunca foram exibidas? A polícia achou indícios de sabotagem?

— Todos são suspeitos, pode ter sido sabotagem ou um culpado bem menos ardiloso, o acaso.

— Por que o psicólogo que achou a foto teve o passaporte retido? Por que seu nome foi mantido em sigilo? Os grupos ortodoxos estão sendo interrogados? – A jornalista decana do *Jerusalem Post*, Jessica Pernos, alimentava sua coluna com escândalos.

— Por que perguntam se já têm o veredito? Não importa o que aconteça, ortodoxos e terroristas não são sempre os culpados por todos os problemas do País? – interferiu Haas com sarcasmo.

— Não é possível que *scans* de solo não tenham detectado nada, se havia uma evidência, como pode ter evaporado? O que os contribuintes dirão? E quanto ao escritor, voltou ao Brasil?

– Embarcou ou embarcará de volta e tão desiludido quanto eu. E não houve desaparecimento de nada por um motivo simples: nunca haviam conseguido provar que estavam ali. Vou repetir o que todos já sabem: as únicas evidências eram testemunhais.

– O senhor se refere a Amy Tammar?

Haas não respondeu.

– E as fotos, a máquina que os militares tinham desenvolvido?

– Dizem que capturavam imagens para uso dos drones.

– O que significa Hol? Sigla secreta de algum equipamento militar?

A imprensa internacional lotava o salão improvisado. Buscavam alguma evidencia que compensasse o tempo perdido. A promessa inicial de um *breakthough*, de uma ruptura de paradigma, que seria evidenciado com *closes* de um homem primordial foi um fiasco.

– Senhores, por hora é só! Obrigado.

Haas, que coordenara os trabalhos de mais de duzentas pessoas em Hebron, se ocupou pessoalmente de extensas varreduras.

Seu relatório final fora claro e sucinto:

Hebron, 18, Adar II, 5776

Não se encontrou evidência alguma de restos fósseis humanos na área, a não ser aqueles já relatados no comunicado anterior. Recolhemos utensílios, vasilhames, vestígios de azeite e especiarias de diferentes períodos.

Além disso, há o material gelatinoso que, como já divulgado, tem as características fitoquímicas de Hevea janeirensis, vegetação não típica no Oriente Médio.

Estamos rastreando como os vestígios dessa planta reapareceram tão longe do seu nicho autóctone original.

Restos ósseos do que seriam resquícios humanos dos patriarcas foram confirmados em seus locais de sepultamento, ainda que seja praticamente impossível uma confirmação absoluta acerca das identidades.

Outras ossadas e vestígios de corpos humanos também foram encontrados, provavelmente de trabalhadores e escavadores, com datação muito posterior (circa 1850), período que corresponde a uma reforma no salão intermediário da Gruta promovida pela zeladoria muçulmana da respectiva época.

Prof. Dr. Michel Delano Haas e Equipe

No interregno das escavações, a estranheza e o mal-estar entre seculares e religiosos entrou em latência. Toda luta acaba quando se morre ou quando a rivalidade perde o sentido.

Haas guardara fragmentos da seiva amazônica que grudara no negativo.

A declaração do rabino chefe que acompanhou as exumações foi evasiva:

– Talvez tenha sido melhor assim.

Os esforços pelos esclarecimentos sobre o que acontecera na Makhpelá mexeram com o *status quo* das tensões locais. Antes Hebron havia se convertido em lugar mais potencialmente explosivo da região, agora era só mais um local de disputa.

Não houve nenhuma mudança dramática dos fatos. As tensões sofreram discreta distensão, o que favoreceu pequenos progressos no convívio. Ninguém se arriscaria a dizer por quanto tempo o novo e frágil *status* duraria. A verdade incômoda é que parece ter ficado claro que havia escolhas. Na tolerância mútua, paz nas pequenas colaborações. Adam estava convencido, aquilo não era utopia.

Acabaram de Ver

A vida de Haas mudou. Suas crenças cegas já haviam perdido o sentido, assim como suas descrenças. Ele teve que descer alguns degraus na escala das convicções. Sua formação científica aconteceu em Israel, na Universidade Hebraica, mas o estágio fundamental foi no Departamento de Arqueologia na Universidade de San Francisco, onde passara quase quinze anos como pesquisador, professor-assistente e, finalmente, chefe de departamento.

Sua principal habilidade de *expert* era a análise de imagens fotográficas de fósseis e regiões de sítios arqueológicos. Mais tardiamente, foi se especializando em avaliações aéreas. As tomadas do alto abaixam o risco e os custos das pesquisas nas escavações.

Haas estranhou quando o governo americano o convidou para assumir um cargo de pesquisador na NASA. Ligou para seu contato, mas o telegrama era claro, "só pessoalmente trataremos do assunto".

"Para que a Nasa precisaria de arqueólogos?"

Haas desistiu depois da entrevista em Cabo Canaveral, quando soube que a missão incluía vivências prolongadas em estações-piloto no deserto. Convidado pelo governo israelense, resolveu assumir o museu no ano seguinte.

Aceitou imediatamente.

Teoria científica alguma explicava nada completamente, ou quase nada. Voltar ao marco zero não era fácil. Apesar disso, estava acontecendo, mas isso não aliviou sua frustração.

Haas anotara em seu caderno de campo as hipóteses e esboçou uma introdução para seu artigo

"Aqueles corpos seriam mesmo representantes do homem primordial? Importa se os chamarmos de Adão e Eva? Se eram mesmo seres feitos de sequência de letras, a metáfora só poderia ser apropriada se a tomássemos como uma analogia com o DNA, um símbolo. E por que o holotrama correspondia fielmente à descrição de Amy e ao negativo encontrado por Mondale? E finalmente, se aquele sítio era um lugar de sepultamento dos patriarcas, por que só alguns resíduos foram confirmados?"

Haas havia recebido o material assim que o exército interditou a cidade.

Depois de se certificar de que todos haviam deixado o museu, ele se aproximou da máquina desativada, a uma distância não recomendada.

Em seguida, balançou o último produto do Hol, o místico processador de imagens.

– Onde vocês foram parar?

Haas se sentiu ridículo fazendo perguntas a um registro fotográfico, mas se era possível solicitude com gente em coma e com vegetais, sua inquisição não seria nenhum vexame.

Haas lembrou das recomendações quando Hebron foi declarada cidade fechada e foi o único autorizado a descer na gruta:

– Haja o que houver, jamais interfira ou toque nessas formações, não interfira de forma alguma – foi o que ouviu do grupo de especialistas que o coagiu.

Mas ele mesmo constatou, vasculhando o "sótão" da gruta: não havia nada por lá a não ser o frio e a umidade.

Assim que Haas saiu da gruta, lamentou o adiamento sem data dos *papers* e teve remorso pelo trato que fez, o qual incluía sua aposentadoria. Não ficou preocupado com a cláusula de multa por eventuais vazamentos: como segredo de Estado que era, poucas pessoas vivas sabiam sobre o holotrama e os funcionários próximos nunca tiveram acesso pleno ao projeto.

Assim que saiu da gruta, retirou o holotrama da bolsa e comparou:

— Se este céu vivo pudesse ter mesmo existido, teria sido extraordinário!

Haas discordou da farsa montada perante a opinião pública mundial. Mas furos científicos sempre envolveram sacrifícios éticos, este não seria o primeiro nem o último.

— Contar só meias verdades para Adam? Isso não seria justo!

Foi com todas essas dúvidas que Haas deixou Hebron para trás.

Evento Científico do Milênio

Haas teria que deixar o laboratório do museu antes do anoitecer. O prédio, prestes a ser interditado, seria lacrado de madrugada.

O museu todo, assim como a sala do velho Rockefeller, de onde se podia contemplar Jerusalém em grande angular, ficaria fechado por, pelo menos, cinco anos. A placa espalhada em todo entorno e na entrada do museu usada era mais uma evidência de manipulação e farsa.

"Perigo, Vazamento Químico"

Só uma mentira eficaz, com o aval da voz do Estado, manteria intrusos e espiões bem afastados dali. A última autorização para ele foi clara, as instruções precisas, ele teria menos de vinte e quatro horas. Chegou a pensar em desafiar tudo e manter-se por lá, pesquisando.

"Faço vazar para a imprensa a história toda."

Faltava-lhe coragem.

A ruptura corroeria sua credibilidade e comprometeria o novo instituto que estava para ser fundado e levaria seu nome. Ele sabia de tudo isso, mas não conseguiria assumir que havia sido comprado e que aquele era seu preço.

Voltou até a entrada do laboratório dando ré. Queria aproveitar os últimos segundos observando o lugar. Sentou-se na mesinha portátil armada do lado de fora da câmara escura. Reclinou um pouco uma cadeira, exatamente como fazia em sua mesa.

Com pequenas batidas contra a borda da cadeira foi removendo restos carbonizados do cachimbo para renovar o tabaco. Quem se importaria com fumaça num lugar comprometido?

Analisou pela última vez o holotrama que saiu do cone luminoso a partir do material que o turista lhe trouxe naquela tarde. Abriu a pasta cinza confiscada de Adam e espalhou todas as evidências pela mesa. Mais uma vez culpou-se para, imediatamente, indultar-se.

– Era a única saída, e já fiz coisas bem piores.

Haas também despejou sobre a mesa, o conteúdo de sua pasta com o "Dossiê Amy Tammar" que encomendara ao Mossad.

* * *

A edição era do *Jerusalem Post* de agosto de 1969. Releu uma das muitas entrevistas do pai de Amy. Alguns meses depois do episódio na Makhpelá, o general Amid Tammar também havia feito pesquisas. Fez anotações de toda a história da descoberta, passando pelos químicos, ainda no século XIX, que decifraram o ácido nucleico, pelas tramas políticas e pelos estrelismos científicos que impediram os avanços. Havia recortes de notícias do lançamento de *The Double Helix*, de 1968. No livro-documento, James D. Watson e Francis Crick narraram o histórico da descoberta do DNA. Ali constava o sonho de James Watson, decisivo para esclarecer a estrutura do ácido desoxirribonucleico.

Haas desconfiou seriamente de que o general Tammar tentara entrar em contato com cientistas nos Estados Unidos e na Europa. Uma parte da pasta veio com páginas em branco com os dizeres impressos colados em papel cartão: "Altamente confidencial: removido por motivos de segurança". Todas tinham o carimbo em relevo da polícia secreta.

– Precisávamos destas evidências. Uma só para provar que não enlouquecemos. Se esses corpos de sei lá quem fossem os primeiros habitantes da região, e se na exumação extraíssemos qualquer comprovação da datação, toda a cultura teria que ser repensada.

Haas sabia que tudo aquilo fazia sentido na tradição, mas não para a ciência. Nenhuma teoria científica seria compreensiva o suficiente para justificar os fenômenos que presenciou. Depois de se certificar de que não havia testemunhas, experimentou rezar:

– Senhor – e como neófito na arte de pedir, estendeu as mãos para cima – o que aconselha para uma cabeça confusa?

Se fosse descrever o que via, teria que recorrer às metáforas: Corpos compostos por carne e letras, formavam novos seres, e dali vidas que findaram seus dias também subiam como sequências dando lugar às novas combinações.

Recolheu tudo da mesa e saiu com todo material. Michel Haas pôs-se a andar para pensar e chegou ao lugar que raramente frequentava, a entrada do *Kotel*. Ainda lhe restavam algumas horas. Conhecia um atalho para chegar a uma praia exclusiva em Cesareia. Pegou o carro, estacionado numa ruela lateral do museu, e dirigiu por poucas horas até chegar ao litoral. O mar tinha o poder dissipador que ele não encontrava mais na ciência.

Parou em frente de um dos edifícios imponentes e saiu em direção à beira da praia, ostentando apenas a pasta cinza e sua inseparável maleta marrom. Chegou à beira da praia. Ajeitou-se no chão de areia dura. Limpou o terreno, alisando o solo com a mão e a manga do casaco. Com as lascas de madeira que encontrou organizou a pequena fogueira. Ergueu uma estrutura em forma de pirâmide com os gravetos úmidos. Usou seu isqueiro quase sem fluido, que, com faíscas ralas, lhe deram o fogo.

Seus superiores foram claros quando o chamaram naquele mesmo fim de madrugada em que decifrara o negativo e dera um jeito de livrar-se de Mondale:

– Onde estão as evidências? Você precisa nos entregar. Ou prefere uma acusação de traição numa corte secreta?

– Nas mãos certas isso teria enorme potencial, vocês não enxergam. Geraria uma revolução, você tem ideia do que estamos escondendo do mundo?

– Professor, não discuta –, disse o agente de pele cinza que colocava as mãos bem perto do rosto dele. – E não se esqueça, nesse caso não existem "mãos certas". Aquela amostra de DNA também precisa sumir.

– Não é DNA, ainda não se sabe exatamente o que é ou deixa de ser...

– Seiva, gosma, meleca, esperma... que seja!

– Tenho minhas condições.

– Estamos ouvindo... murmuraram uníssonos pela pressa os homens com assustadora determinação.

Haas desfiou as exigências, que incluíam crédito ilimitado para continuação das pesquisas, autonomia em relação às autoridades religiosas, independência e a redução da moratória de vinte anos para divulgar os eventos que tiveram lugar na caverna e no museu.

– Serei o primeiro autor, mas também quero créditos para Mondale e Amy.

– Está no contrato, o acordo prevê o tempo. Vamos esperar!

– Quanto?

– Vinte anos! – disse um dos agentes.

– Impossível.

– Acredite, essa é a única decisão certa.

Haas balançou os ombros, arriscando ridicularizar o interrogatório.

– Quer brincar, professor? – disse o outro agente, o de pele cinza.

– O combinado era que tudo seria revelado e haveria completa liberdade para prosseguir as pesquisas.

– De acordo, divulgue-as. Daqui vinte anos!

Haas limpou a garganta para o último pôquer

– Este item não é negociável. Dez anos é mais do que o tempo necessário para todo mundo se adaptar. – Blefou e ameaçou se retirar. Os homens fizeram sinal para que se acalmasse e saíram para retornar à sala depois de cinco minutos.

– Temos um acordo, professor Haas!

Os papéis foram assinados no mesmo dia.

Provas Sacrificadas

Diante da pequena fogueira com as brasas já organizadas, Haas retira da pasta confiscada de Adam as três cópias de fotos com o negativo da polaroide. Depois abre a pasta marrom e despeja na areia as trocas de e-mails e comunicações oficiais e por fim, relutante, o *pen drive* com a gravação do holotrama.

O fogo inclinou-se na direção do seu rosto com a intensidade do vento.

Por último, restava enfiar a única peça do holotrama na fogueira. Foi aí que um tremor fino alcançou seus dedos. A resistência é a última a se entregar. Ele retirou do tubo duro a maior prova que a arqueologia já obteve, e passou a queimá-la pelas beiradas. Aquele era o último e mais potente registro de toda evidência.

Haas girou o holotrama e não se cansava de ver o DNA vivo, com as cores brilhantes, numa luminescência que circulava. As dimensões desmentiriam, aqueles cadáveres abraçados não eram pessoas comuns. Logo enxergou no negativo decifrado por Hol aquele filme de curta duração com as letras flutuando, formando filas, no canto inferior direito, que pareciam subir em sequência. A mesma imagem, agora completa, que Adam não tivera a oportunidade de ver alguns dias antes.

– Que eu seja perdoado!

Mais uma vez, Haas comparou as imagens e balançou a cabeça.

"Como negar o fenômeno?"

Ao contrário da realidade arqueológica do solo, o holotrama não deixava dúvida, a coluna com o alfabeto agrupado subia ao céu de baixo em pequenas esquadras. Como pássaros, ascendiam em fileiras, velocidades desordenadas, mas sempre mantendo a formação. No holotrama tudo se mantinha intacto. Alguém precisava responder: quem afinal mentia? A tecnologia ou a realidade?"

Ventava muito, Haas embrulhou-se no capote. Por fim, enfiou a imagem na base da fogueira para ver tudo se encolhendo como aranha diante do fogo instável. Deu uma última olhada na imagem retorcida.

Finalmente, conseguiu lembrar onde já vira uma pintura semelhante: a iluminura medieval que mostrava a teoria pré-formacionista de Aristóteles sobre a concepção dos embriões: pequenos óvulos em formas de olhos, desciam de um pedaço do céu e viravam feto no ventre feminino.

Com as brasas diminuindo, as perdas recentes o invadiram. Lamentou pela sala escura, pelo Hol, a torre, o museu e o equipamento que lhe custaram anos de negociações e sacrifícios.

– Não será a primeira, nem a última vez: ideias confiscadas em nome dos interesses do Estado.

Voltou-se aos resíduos queimados ainda em evaporação e encarou o mar com renovada sensação de fracasso. Sentiu-se raso, justo ele, um documentador, se convertia agora num destruidor de evidências. Em seguida, as autojustificativas:

"Fiz tudo conscientemente, era o símbolo que precisava viver, não as evidências. Eles tinham razão, era preciso destruir o material pegajoso".

De repente, Haas agitou-se, aflito.

– Onde estão?

Só quando enfiou as mãos no bolso do casaco ficou aliviado. As últimas duas imagens estavam protegidas, com as seringas e as ampolas no pequeno recipiente de isopor. Em segundos, também foram arremessadas e derretidas na pira.

Haas escondera uma das ampolas no carro.

Suspirou:

– Adam, esteja onde estiver, encare como uma oração: estou completamente amarrado. Você, meu caro, está livre para contar toda a história.

VIII

Balada de um Início

Aqueles corpos reiniciaram o fluxo com o alfabeto errante e a chaminé de letras voltou a circular. Romperam o invólucro para descortinar, primeiro a seiva, depois a linfa alfabética, simultaneamente com letras e sons. Incontáveis letras represadas que se agruparam no ar para subir como balões, enquanto outras desciam para entrar na circulação da seiva.

Enfim, aqueles corpos deitados um sobre o outro estavam livres de novo. O ruído e as vozes voltaram. Qualquer um poderia ouvir, se não fosse a distância e a profundidade de quase trinta metros da superfície. A luz fosca circulava contínua e bruscamente, aumentando de intensidade. As letras azuladas brilhantes continuavam a deslizar dentro do cordão que as unia. Com a coluna helicoidal de letras erguida, um pequeno tornado circulava entre o céu da gruta e o piso.

Mais uma vez, evento sem testemunhas.

O homem primevo vivia. Adão – palavra composta pelas iniciais gregas *Anatole* (Leste) *Dysis* (Oeste) *Arktos* (Norte) *Mesembria* (Sul) – e sua companheira não eram somente corpos enlaçados em hibernação vegetal, mas seres vivos, dos quais o mundo dependia.

Únicas testemunhas do Paraíso, ele e sua mulher, nus, tinham os olhos abertos. A íris dela era clara, branca, quase albina, e tinha a expressão viva daqueles que acabaram de se conhecer.

Qualquer um que se aproximasse juraria que as letras eram constituídas de matéria orgânica e, avulsas, saíam continuamente do fluxo do tubo, uma espécie de cordão umbilical que os ligava. As letras caminhavam através da "seiva" formando sequências, isso até se agruparem e subirem. Como cada sujeito, num formato inédito, inesgotável e irrepetível.

As letras emitiam uma voz feminina, persistente, encantadora, num canto que vibrava. Então, grupos de não mais que duas dúzias delas se agrupavam e seguiam seu curso, desta vez mais compactas e brilhantes, até serem expelidas através do céu da gruta e subirem como balões mais leves que o ar.

A antiga previsão afirmava com todas as letras:

"O novo Jardim encontra-se reaberto."

Sua carne estava tão estranha quanto a dele. Sabia que podia movimentar a língua e fazer ruídos, qualquer um. A natureza produzia um som fresco que não se conseguia comparar com nada. As palavras saíam e ele fazia poesia imitando a música que conseguia ouvir. Apenas tocou em seu cabelo, fino e comprido, e, com farelo de ouro fosco às mãos, fez-lhe tranças.

Era seu primeiro dia e já sabia que deveria conhecê-lo para amá-lo.

Ele ficou distraído olhando para ela e para o céu alternadamente.

O céu único, que fervilhava aos estrondos.

Ela já o admirava.

Ele não sabia como era, mas depois que mexeu com a árvore, precisou saber. A inquietude que ele não conhecia era agora.

Andou até o mar, recém-separado da terra, e viu os grandes rios subirem até a bifurcação e à grande foz. A imagem tinha a perfeição agradável, a assimetria regular da natureza. Por instantes, aquela sensação aplacou seu desamparo, que era imenso.

Ao se levantar, ainda na areia, assistiu ao desfile de suas dúvidas num sono instável. Era um ser livre ou dependente? Quem era o árbitro ali? Estranhou seu estranhamento: já que até a véspera nunca duvidou de nada. E agora, estava cheio de perguntas.

Sem sucesso, procurou pelo Pai. A folhagem espessa e a novíssima criação ocultavam qualquer imagem.

Ainda não percebia que o mundo atrás dele estava por se desfazer, e não entendia o que o esperava lá fora. Como seria ficar dependente das próprias pernas?

O trabalho foi inventado como castigo, e ele pressentia, apenas sabia, era contra sua natureza. Sua única vontade: adorar para sempre o artista que imaginou aquele mundo.

Foi quando ela lhe mostrou os caminhos da inquietação. Ele comparou tudo e teve a primeira culpa: sentia-se melhor agora que antes de saber.

Enfim, quase no fim do sábado, avistou-o pairando entre as gemas de pétalas floradas. Foi falar, mas calou-se. Não quis contestar. Nada. Não foi medo nem obediência, só que, de repente, sabia seu lugar.

Procurou por ela, e soube que quanto mais a conhecesse, mais a amaria. Sua nudez prevalecia sobre a floresta e seu dorso feminino refletia a paisagem. Ele, que nem tinha reparado em tudo ao seu redor, sentiu a força da perfeição inacabada na face dela!

Viu em detalhes que perdera, mas, ao mesmo tempo, soube que era assim, exatamente assim que deveria acontecer. A perfeição fraturada serviria para comparar seu espírito com o estado anterior. Ela agora andava a seu lado, tão assustada quanto ele, percebendo que acabara de fazer o que deveria ter feito.

Já no meio-termo, expulsos, e ainda tinham que aguardar o fim do descanso para sair de lá. Foi então que Eva falou pela primeira vez. Havia uma voz, e ele nunca foi tão grato.

Ele a amou, consolou, e a abraçou, e conversaram sobre tudo.

Ele soube então: todas as conversas do tempo estavam lá, reunidas no Jardim, mas, por um capricho generoso, a vida só se desenvolveria fora dos muros.

Adão Vive!

Eu tentava me recuperar de todas as más notícias e da situação que me esperava na volta ao Brasil. Primeiro me convenci, ou me obriguei a aceitar, que as descobertas que fiz provavelmente não passaram de projeções. Uma mistura de delírio, megalomania e onipotência. A favor dessa tese estavam evidências consistentes. Todas as fotografias e o negativo que recuperei desapareceram.

Agora isso agora não importava muito. A análise de campo – que acompanhei pessoalmente – mostrava que o que havia (se havia) de importante na gruta fora removido há muito tempo.

Recuperei o passaporte. Veio pelo correio. Sem nada dentro, nenhuma explicação, nenhum pedido de desculpas, nenhum carimbo novo. Estava aliviado com o iminente retorno. Nenhuma certeza, mas uma prioridade absoluta: conversar com Emma.

Considerando tudo que vivemos em tão pouco tempo, Haas foi gentil na despedida marcada no rápido encontro num café na rua Dizengoff, em Tel Aviv.

– Vim me despedir, preciso viajar amanhã!

– Uma pesquisa? – fingi me preocupar.

– Suécia, vamos arrendar uma ilha para fazer um novo instituto. É aquela ilha que já pertenceu ao cineasta. Mas vim até aqui para te pedir sinceras desculpas por tudo, Adam – notei que Haas desconversou – talvez nós tenhamos nos entusiasmado demais! Foi tudo muito precipitado. Você sabe tão bem quanto eu que para um pesquisador isso é fatal.

– É que chegou a parecer plausível! Tínhamos uma prova empírica de um fenômeno desconhecido. Ainda desconfio do que você disse. Como o holotrama pode ter sumido? Evaporou? Não sobrou nada, nenhuma cópia? Não consigo engolir essa versão.

Haas se mexia com trejeitos estranhos. Como se quisesse passar informações por mímica. Como se estivesse sendo gravado. Olhei em volta para ver se havia pessoas monitorando nossa conversa, mas não vi nada suspeito.

— Poderíamos ter sido mais prudentes, além disso, aquele vazamento químico não ajudou. — Haas persiste numa agitação improdutiva.

— Você acha que estou gravando nossa conversa, é isso? Por que tanta agitação?

— Confio em você Adam, não confio nas circunstâncias, entende?

— Pelo menos nós dois sabemos, houve mesmo algo por lá. — Ignorei as especulações de Haas.

— Sobrou a revelação do laboratório da rua Jaffa. Essa você tem, não?

Haas se esmerava na indiscrição, passava sinais cada vez mais esquisitos. Qualquer agente secreto que estivesse monitorando suspeitaria de algo.

— Não tenho, dei todas. Para você!

Omiti a cópia do negativo com a descrição que haviam enviado para meu endereço no Brasil. Seria um trunfo que ainda não planejei como usar. Eu já desconfiava de qualquer coisa que vinha de Haas e nem cogitei dizer o que descobri conversando com Amy. Por outro lado, alguma verdade tinha que haver: eu mesmo testemunhei o bloqueio, a bagunça e a interdição do Museu Rockefeller. Foi no dia seguinte daquela vigília na torre, quando tive a primeira síncope. Nem sei como me levaram para casa ou se cheguei por conta própria.

Lembro de ter acordado às onze da manhã com dor de cabeça e fui direto para lá. Levei uma hora e meia no táxi para nem conseguir sequer chegar perto. Fiquei assistindo tudo à distância. Assisti pessoalmente o bloqueio da polícia ao prédio, o cerco no quarteirão todo. Jerusalém que já é normalmente intransitável, aquele dia parou.

– Difícil acreditar em sua versão. Você quer que eu aceite que todas as suas pesquisas, as outras atividades do museu, tudo foi simplesmente perdido, e você aceitou esse jogo.

– Ah, se você apenas soubesse. Você sabe como funciona, desativaram o projeto, esvaziaram a torre, tudo *foi* confiscado. Não tenho mais acesso à minha própria sala, interditada! – Ainda apostava que Haas mentia ou omitia informações. Conseguiu fazer entonação de vítima e mesmo parecendo convincente eu não me sensibilizei. Tudo *performance*, era o que parecia, encenação. Ou um inesperado e intenso *acting out*[12].

– A linha de pesquisa que vocês desenvolveram por lá era importante, não só para o Museu Rockefeller e os outros institutos. – Tentava dar corda a ver aonde a farsa, ou o inconsciente, nos levaria.

– Adam, jamais tivemos as evidências que desejávamos! Fizemos o acordo, mas…– Haas interrompeu o desfecho que ia dar, o medo superava a simulação.

– Nunca houve evidência de nada, nem de coisa nenhuma –, complementei.

"Uma questão de tempo para que possamos colocar as mãos nelas, Adam" – Haas respondia em pensamentos sem dizer nada.

Pouco antes de nos despedirmos, Haas inseriu um pequeno cartão dobrado na lateral da minha mochila, e o acomodou com umas batidinhas. Sua expressão era de pena.

De quem? De mim? Dele mesmo?

---

12   Laplanche e Pontalis definem *acting out* como motivação inconsciente que pode gerar ações que apresentam caráter impulsivo, atitudes que fogem do caráter usual do sujeito.

– Posso te pedir mais um favor? Abra com cuidado só quando estiver no aeroporto. E leia dentro do avião. Promete?

Evitei responder a pergunta e devolvi

– Também tenho algo para você, pode abrir quando sentir vontade.

Apesar da sequência de desmentidos e decepção, eu via em Haas uma forma de lidar com as pessoas que não conseguia deixar de admirar. Talvez isso tenha ajudado a me conformar com seu recente obscurantismo. Além disso, o saldo da viagem não foi de todo mal. Coletei histórias e depoimentos. E não encarei tão mal assim ter me livrado dos holofotes, pelo menos por enquanto.

Céu Subterrâneo

Durante segundos, Amy caiu no vácuo acidental. O espaço sem gravidade, onde o tempo não era mais um registro válido. Despencando na inércia, o mergulho fez com que ela esquecesse todo medo, e, de novo, um aroma de especiarias reapareceu.

Segundo relatos antigos e o mapa precário que estava nas mãos do cabo Lothar, a gruta tinha três níveis de profundidade. Em pouco mais de quarenta minutos o mapeamento que vigorara por quase dois mil anos não era mais válido. Ela já não era dupla, nem tripla. Por alguns momentos, a comunicação ficou interrompida e o rádio passou a ser só uma fonte de chiados. Lá em cima, o pai de Amy se levantara. Todos estavam cientes de que colocar em ação o plano de emergência representava assumir o desespero.

Amid estava pronto para intervir.

Amy caíra apenas dois metros, mas passou por ali lisa, inteira. Batera as costas no chão contra uma maciez inesperada. Foi lá que notou os seus dedos viscosos. Um musgo que parecia líquido adesivo. Amy superou o nojo, cheirou a gosma e a náusea foi controlada com a palma da mão. Ainda tentava se enxugar com a manga do casaco quando viu uma cripta de sessenta centímetros, bem no meio do salão.

Lá estava. O que ninguém sabia que procurava: largas sepulturas com inscrições que sugeriam o nome de Adão.

Amy retomou o rádio sujo de terra. Limpou o bocal e chamou o pai:

– Você pediu para avisar. Agora estou com medo (a voz trêmula) agora… entrei num outro buraco…

Lá em cima, o alívio provocado pela retomada da comunicação fez todos se debruçarem sobre o rádio.

– Saia já daí… – Amid estava com o pulso e a pressão arterial alterados. Lothar o acalmava segurando-o pela manga e fazendo o aceno de que "tudo estava sob controle".

– Eles parecem enormes, e as vozes falam ao mesmo tempo.

– Amy, obedeça, saia! – As vozes foram ouvidas lá em cima. Indistintas, passaram por interferências radiofônicas.

– SAIA JÁ DAÍ! – Amid berrou, com a pulsação latindo na cabeça e espalhando-se aos ouvidos.

– Mas e a foto? Já estou com a máquina!

– Saia já. É uma ordem, Amy, uma ordem.

– A máquina… está na mão!

– Deixe Amy, já falei, saia daí AGORA, entendeu?

Moshe colocou a mão no ombro do colega e Amid não entendeu se ele pedia calma ou era para deixá-la prosseguir. Por fim, alguém lhe ofereceu um cigarro que ele rejeitou para, em seguida, consumi-lo num minuto.

– O rádio está falhando… vou andar mais

– É perigoso, saia daí. Saia agora!

Amid iria blefar, mas sabia que um alarde público seria outro fronte de preocupações. Recriminou-se sem conseguir admitir o risco que deixou a filha correr.

Enquanto isso, Amy desobedeceu e retirou da cintura a câmera. Posicionou a polaroide para registrar o instantâneo. Pela primeira vez um *flash* riscou de luz a câmara escura.

– Câmbio?

– Amy, o que você está fazendo?

– Eles estão lá, grudados um com o outro… não parecem mortos.

Ouve-se um ruído de clique da máquina fotográfica.

Amy usa "pai" como expressão, é apenas um monólogo.

– Há uma capa brilhante em volta, e eles são iguais, pai. Um em cima do outro.

Amid não estava escutando, o ruído e o chiado eram intensos lá em cima. Mas Amy insistia.

– O que são essas letras? Estão vivas.

A boca de Amy, seca e entreaberta, mas nem água passaria por sua garganta. Uma espécie de sangue tingido com fósforo luminescente se refletia em seu rosto sem que ela soubesse. Hipnotizada, ela só enxergava as letras que rodavam naquela gruta cheia de pórticos.

Cansada e confusa pensou ter ouvido um borbulhar. A sensação é de que estava próxima de uma fonte, e ela deu mais alguns passos e estava no epicentro do fenômeno. Olhou para cima e viu as letras de todos os tamanhos que giravam sem rota, imprevisíveis. Iam por todas as direções. Grupos que giravam elípticos, rodando, rodopiando e se revezando no céu da gruta. Pareciam entrar e sair. De lá saiam os sons, vozes e gemidos que ela não conseguia distinguir. Amy começa ela mesma a girar, mesmerizada pela dança irresistível, acompanhando a procissão de letras, o alfabeto errante.

– Ninguém vai acreditar, há um céu… um céu aberto, bem em cima da gente.

– Amy, descreva o que está vendo? – Dayan retoma o rádio de Amid.

– É um arco-íris feito de *alefs, beits, guimels, dálets*[13], elas vão sempre para cima.

– E os barulhos Amy?

– Aqui venta muito!

O cabo Lothar e o outro tenente com óculos sombrios e olheiras claras monitoravam o rádio e se entreolharam. Suspeitaram de intoxicação por gazes. Amy podia estar alucinando, mas a aflição parecia ter sumido.

---

13   As primeiras letras do alfabeto hebraico.

Sequências alfabéticas se alternavam no céu, brilhando numa vertente contínua. Amy tentava decorá-las mas era impossível. Nunca eram as mesmas. As letras faziam música, eram conversações.

– Essas letrinhas podem conversar. Vocês podem ouvir daí?

Tudo era tão fora do normal que o medo não tinha mais lugar. Esqueceu-se do rádio, das dores, da gosma. Esqueceu, inclusive, de que estava só e que acabara de cair no abismo que poucos pisaram. Testemunhava o ruído cósmico de fundo, poderia ser a própria criação.

Mas em uma cova bem no meio do nada? Entre construções, pedra e areia, e dentro de um deserto subterrâneo? Ela não sabia, mas tocava a cauda da história. Amy se deu conta de que não era só a primeira menina que entrava ali, mas provavelmente o primeiro ser humano em milênios.

– Ai estão eles: os falantes, à imagem e semelhança de Deus.

Um calor violento atravessou sua pele, invadindo seu rosto por inteiro até ele se tornar uma fornalha. Amy podia sentir a poalha fina e sem substância que irradiava do nariz, dos olhos e da boca. Era como se a febre agradável e súbita a trouxesse à vida. Ela sentia, mas não enxergava. Colocou as mãos à frente da boca para sentir o calor do hálito. Seus olhos e mãos recebiam e dissipavam algum tipo de energia que não parecia vir dela.

Abriu mais as pálpebras e mirou a espiral que se formava em direção ao céu e o barulho de todos os assuntos do mundo. Desejou ser sugada.

"Céu?", ela pensou. "Isso é Céu?"

Filha de sionistas pragmáticos e agnósticos, foi educada a não encarar nada como milagroso ou sobrenatural. Amy foi saindo do estado de transe. Imediatamente fez analogias com os peixes fosforescentes que habitavam regiões abissais e congeladas dos oceanos.

– Isso é a natureza, isso é só a natureza! – Repetia para si, num mantra inútil para afastar a ameaça de um evento sobrenatural.

Amy então passou a se concentrar nos fenômenos naturais, pouco compreendidos. O afastamento das galáxias. Todas as histórias precárias que tanto a ciência como as tradições apresentam para mostrar que dominavam o que na verdade ninguém poderia. Mesmo assim, a maravilha justificava a dúvida.

"E se for um milagre?"

O milagre compreensível e contínuo que, de tão intenso, presente e permanente, nem poderia mais ser chamado assim?

Amy poderia se entregar para sempre. Uma passividade espiritual e a manigância dos céus sem fundo. Amid arrancou com raiva o rádio das mãos de Dayan. Com estalos rítmicos sequenciais seu pai tamborilava no rádio, tentando arrancá-la daquele estado.

Só então Amy acordou e acudiu ao rádio: código Morse.

O general o ensinara à filha desde os seis anos. Era o padrão de resposta aos pedidos de socorro. Amid se movimentava para descer mesmo sem a autorização do comandante.

– Está tudo bem... e Amy tamborilou no rádio mais uma vez, repetindo a resposta – E-s-t-á t-u-d-o b-e-m.

Os toques continuavam e lá em cima prevalecia o caos.

Amid queria explodir a entrada para alargá-la e salvar a filha. Dayan, furioso, socava a parede de pedra até desferir um chute que ameaçou o funcionamento da caixa de transmissão do rádio amador. Enfim, jogou o capacete ao solo para explicitar sua insatisfação. Os militares trocavam olhares mudos reprovando a coisa toda, acuados pela fúria sem alvo do ministro. O desastre completo estava à porta.

Foi quando chiados miúdos indicavam que o rádio voltava a funcionar e todos se debruçaram imediatamente sobre o alto-falante

– Já posso sair... é que só...

Ouvia-se Amy fotografar. Ela registrava a entrada da gruta onde os corpos dormiam. Ela então puxou o cartão do cartucho da polaroide para retirar o papel da máquina. Com cuidado, separou a película e o negativo e a folha caiu na mochila. Dois minutos e meio, trinta segundos antes do tempo, mas Amy queria enxergar melhor o que fotografou.

– Amy, Amy, está ouvindo...?

– Descobri. É como no *Cântico dos Cânticos*: eles estão namorando!

Dayam empurra Amid e retoma a interlocução

– Amy? Fala o general Dayan! O que está havendo? Se você não sair agora nós vamos ter que entrar...

– Não sei o que é... vocês podem ouvir agora?

– Não entendi Amy, câmbio, câmbio, câmbio!

Mais uma vez, Amid arranca pelo fio o rádio das mãos de Dayan.

Todos ali esquecidos que falavam com uma menina, não com a unidade de infantaria.

– Enormes, nem se parecem gente!... Amy omitiu que estava descrevendo o que o *flash* ajudou a imprimir na fotografia.

A voz da menina ia se apagando e reaparecendo, deixando os soldados mais aflitos. Eles se espremiam ao redor do alto-falante do rádio e se entreolhavam num suspense insuportável. Não se conseguia ouvir nada além de interjeições e a respiração ruidosa da preocupação.

Amy, rechaçada pela escuridão e pelo medo, não conseguia penetrar na cova de entrada, mas o salão espeleológico parecia enorme por dentro. A partir dos relatos dela, o cabo Lothar estimou a dimensão do salão entre trinta ou quarenta metros de diâmetro. Ela se organizou para descrever:

"Na entrada estão duas pessoas gigantes, abraçadas, deitadas uma em cima da outra. Não parecem mortas, mas também não estão vivas".

Mas preferiu se calar. Amid já se arrependera à morte por ter oferecido a filha para uma missão arriscadíssima. Lá em cima o consenso nunca pareceu tão incerto. Ninguém se arriscaria a dizer o que Amy viu, qual a extensão do surto, o que havia de fato nos túmulos do pavimento que não estava em nenhum dos mapas.

Ela já havia mencionado várias palavras estranhas preocupantes, paradoxais. Palavras que ficaram no ar sem quaisquer esclarecimentos ou comprovação. Lothar apanhou o caderno que tinha um texto recortado e colado na capa: "Adão e Eva tinham sido enterrados lá [na Makhpelá ou Caverna Dupla], *Talmud Ieruschalmi, Taanit* 4:2" e passou a anotar as palavras que ouvia:

Espelhos, letras, brilhantes, não mortos, vivos, conversas, vozes de letras!, Cântico dos Cânticos, namorando, não são gente, outro céu???. Ou a menina perdeu o juízo ou…

Barulhos dificultavam o término da conversação e Amy, completamente desperta, teve o medo descerrado.

Os sons das letras aumentaram, Amy deu um grito pavoroso e saiu em disparada protegendo os ouvidos.

Uma corrida completamente diferente da chegada confiante, heroica, exploradora. Amy tropeçou muitas vezes, completamente desorientada. O pânico minava seu controle motor, e as quedas se multiplicaram. O terror a fez derrubar a máquina que carregava nas mãos, com a foto revelada no abismo que quase a devorou.

Não parou de correr. Voltou para reencontrar-se com a trilha de corda e náilon. Escalou o pequeno monte que a amparou na queda. Viu uma forma de se meter de novo na fenda e ergueu o poço. Seus joelhos, completamente sujos da substância viscosa e grudenta.

Amy teve náuseas: o aroma parecia essência vegetal, um chá de caule triturado e moído. As mãos agora estavam sujas e grudentas e aquela coisa estava em várias partes de seu corpo. O cenário ficava cada vez mais desfavorável, as batidas, fortes e frequentes. Seu rádio ainda transmitia sinais entrecortados: ela estava incessantemente sendo instruída para sair dali.

Amy já não interpretava mais o código Morse, nem código nenhum.

Sentido do Acima

Antepenúltimo dia, sexta.

Como na primeira noite em que cheguei aqui, comecei um texto tentando fazer uma síntese autobiográfica que se encaixasse no que estava vivendo:

"Desde que nasci, os efeitos do meu nome em mim foram logo visíveis. Quando fui para a escola, no primeiro ou segundo dia de aula, reclamei para a professora: Por que tinham que me chamar justo com a letra número um do alfabeto?". Sabia que recebi o nome em homenagem ao meu avô, com quem convivi pouco. Dele, só lembro que contava uma história adorável que eu pedia sempre. Era sobre a missão do primeiro homem: nomear todas as coisas do mundo. Em minha formidável ingenuidade, concluí que Adão inventou as conversas, e, graças a ele, temos um mundo de palavras e histórias."

Como não sabia como encaixar aquilo no corpo do texto maior fechei o *notebook*. Fim. Não escreveria mais nada.

Tudo empacotado para a volta. O voo programado para o fim da tarde de domingo. Reservei a manhã da sexta para comprar lembranças de viagem. Deixei o apartamento com a mochila e desci a ladeira em direção ao mercado. Quando abri o compartimento externo, a carta de Haas pulou. Uma ampola voou junto e caiu no solo, por milagre não quebrou. Por qual tipo de lealdade deveria esperar para só abrir a carta na área de embarque?

Abri o bilhete e li. Tremi sem poder respirar, encostei na parede de uma loja de guarda-chuvas, enquanto era sacudido por encontrões de apressados.

Conforme desci os dedos pelas linhas tremidas da caligrafia de Haas – ainda em pé, já me deslocando ao meio-fio – surpresa.

Várias vezes levei a mão à boca para não berrar.

"Traidor sacana."

Só um detalhe me fez recusar o desespero. Amassei com força e guardei os garranchos de Haas de volta ao bolso da bolsa. Prossegui, agora andando com menos pressa.

A experiência das horas que se seguiram foi vivida no *makhane iehudá*, o mercado judaico. O autocontrole sucumbiu e afundei. Agora só com o alívio do álcool. Estava limpo de um porre violento há mais de dois anos. O vício poderia ser superado, a fissura, nunca. Soube ali que era necessário muito deste mundo para absorver os demais.

As coisas tendiam a ficar espremidas naquela massa aflita em busca de alimentos. Milhares se comprimiam naqueles capilares entupidos da feira, onde ninguém movia uma palha sem incomodar alguém. Descobri ali porque israelenses são bons em esmagar azeitonas e veneram o azeite que brota do massacre dessa fruta.

Minha claustrofobia estava em plena mutação: a acrofobia virara medo indiscriminado. Os pequenos medos usavam disfarces sofisticados. Já não era necessário estar nos elevadores, estádios ou parques lotados. É que, com o tempo, todas as idiossincrasias se tornam imaginárias. Agora, a realidade era dispensável, bastava pensar para vivenciar o trauma.

Estava prestes a deixar o país e, para meu espanto, não me sentia mais culpado pelo malogro da expedição. Preferia ter recuperado meu negativo, ou as fotos daquela admirável máquina estranha, mas já me conformara com as explicações e omissões de Haas e suas vagas promessas mentirosas de cooperação.

Se houve algum obstáculo, eu ainda não sabia, mas os resultados colaterais que colhi foram surpreendentes, inimagináveis há menos de quarenta dias.

Assis Beiras não estava mais por perto, justo agora que precisava desesperadamente de uma consulta. Alguém para confirmar que haveria alguma cura para mim, para aqueles povos. A esperança costuma reagir sob ameaça. Para meu espanto, mais uma vez, talvez a última, consegui que Assis Beiras opinasse:

– Todos vocês são crianças mimadas! Perderam a capacidade de abstração, nem se enxergam mais.

Eu ia contestar quando Assis Beiras concluiu, enquanto me distraia inspecionando bolas douradas gigantes de *grapefruits*.

– É simples, ou aprendem a brincar juntos ou ninguém sobrevive. Quer uma verdade que vai doer? O sionismo precisa de um novo significado.

– Mas é claro! Só isso? Boa sorte. Escute aqui Assis, mas nem se o próprio Abraão ressurgisse colocaria tudo de volta nos trilhos.

Não confessei para ele, mas era o que achava. Não importava o que Harvard ou Oxford diriam, mas os conflitos étnicos e religiosos eram secundários e mereciam voltar aos devidos lugares: picuinhas entre vizinhos e não guerra entre civilizações.

Mas eu conhecia de perto os políticos e como gostam de mostrar que são essenciais. Para essa gente, guerra e conflitos insolúveis não são acidentes, são ganha-pão.

Provei uma fruta numa barraca árabe, quando vi grupos religiosos estranhos, fantasiados, desfilando com bandeiras e símbolos carregando uma coroa, deliravam bem no meio do mercado.

– Quem são essas pessoas? – perguntei ao verdureiro que claudicava enquanto enxugava acelgas.

– Maschiistas, acham que o Messias chegou! – E apontou para a bandeira triangular usando um cabo de acelga como guia.

– Chegou? – Eu ri. – Quando?

– Hoje!

Fiquei olhando enquanto o feirante complementava, acenando depreciativamente para a multidão.

– Somos comida para vermes, certo?

– Acho que sim, concordei.

Ele se aproximou de mim pelo ouvido para passar um segredo

– E eles precisam acreditar sem ver!

Murmurei qualquer coisa.

O verdureiro não entendeu o que eu disse, mas voltou-se a mim e recitou baixinho, sem nenhuma ironia:

– Armas serão arados. Virão dias em que não só o espírito enxergará o Altíssimo, mas toda carne. – E apontou o dedo deformado e inconstante para cima.

Depois voltou a mergulhar em seu comércio, como se nunca tivesse opinado sobre nada.

Para a tradição, uma personagem como o Messias representa a bem-aventurança absoluta. A utopia mais radical já concebida. Um dos treze princípios da fé. Ratificado por nove entre dez eruditos, exigida pelos fiéis desde que Moisés sumiu antes de poder entrar em Canaã. Místicos medievais e representantes do judaísmo rabínico contemporâneo insinuavam que talvez não fosse um filho de homem, mas uma era de consciência, o momento libertador para toda a humanidade. O Ungido traria a paz e a perfeição utópica para a Terra de Havellan, e elas se espalhariam pelo mundo.

– Utopia, por que não? – Naquele momento, senti um nó estranho se deslocar da cabeça em direção ao peito. Como aquele encontro me fez bem, como precisava daquela alienação.

Empurrado pelo fluxo de gente, eu já falava sozinho. A ideia de que Assis Beiras nunca mais apareceria me gelou por dentro. Para estranhamento dos passantes, que me olhavam sem fixar os olhos, eu me dirigi para cima.

Falei brincando como se fosse um profeta, sem esperar que ninguém ouvisse a confissão do meu messianismo psicológico:

– Dissolverei toda neurose. O instinto de morte será banido e a pulsão será, toda ela, só de vida.

A multidão aumentava num fluxo progressivo, cada vez mais delimitada pelos canais estreitos do mercado.

A falta de ar ameaçava se reinstalar, com mãos e pernas pesadas, eu me deixava empurrar. Agora a turba já me levava sem resistência, boca aberta, corpo obrigatoriamente elástico e manipulável. Vi-me como uma estátua de sal que, de repente, recobra a animação.

A memória estava anormalmente ativa, sincronizada com o tempo em cada segundo. Não pedi, nem roguei, mas fui mergulhado no espírito, sem ilusões, esperando pelo mal-estar, bem no meio daquele cardume barulhento.

Para minha surpresa, ainda empurrado pela massa, o mal-estar não veio.

Entre pepinos curtidos, o tom róseo da pasta de gergelim, enormes romãs de grãos escuros, tâmaras de bordas transparentes, o cheiro dos pães trançados recém-assados, e, num segundo, eu não estava mais aprisionado.

Em espanto, me vi livre!

"O local. Então existe mesmo uma terapia geográfica."

Uma vez na vida, estava no lugar e na hora certos.

Aconteceu uma livre associação. Agora era certeza. Todas aquelas transformações estavam diretamente ligadas ao encontro com Amy.

As letras tinham razão!

"Havia uma espécie de fenômeno não natural, um milagre não mistificador: o amor contagioso e instantâneo."

Fui tomado por uma passividade não conformista. Era como se passasse a aceitar tudo, ou quase tudo!

Continuei formulando frases para o livro.

"Um solo é sagrado quando se está ligado a ele. Não vejo as conexões, muito menos as compreendo, mas são experiências! O que liga uma pessoa ao mundo é a terra? Esta terra? Mas como explicar que não tinha nada a ver com as etnias? Terras ligam os povos ao mundo".

Num acordo inesperado, pressenti que a novidade era essa: meu coração enfim coincidia com o corpo. Se a razão resistia, não tinha a ver com oposição intelectual. Diferentemente de todas as outras vezes, a resistência não me fazia retroceder. Pelo contrário, era um antagonismo brando. Amoleci e me deixei levar."

– E por que não?

Se ali alguém me perguntasse como eu me definiria:

– Religioso, espiritualista, cético?

Eu responderia:

– Não tem mais importância. Incorporei o sentido de qualquer cultura, isso vale para todas as raças e até para o inapreensível.

Foi quando sorri e vivi o desprendimento, borrifado nas quatro direções. Um perfume jorrou, generalizado, sem camuflagens. Era a própria realidade. Ouvi as palavras em sussurros, redigidas de um interior ignorado:

–"Deus ilumina por dentro." Se a alma é um órgão, essa é sua função!

Minha esperança fazia todo sentido: aquela era uma lição aparentemente simples que valia por enormes porções da vida. Mais uma vez parei diante daquele rebanho automático, ressoante, frenético, impulsivo.

Enfim reduzi o volume interno e consegui sair do arrastão de gente. Parei na pequena lanchonete no meio das barracas enfileiradas.

A utopia, aguda e orgânica, migrou para ser a verdade do corpo. Refresquei-me no sol frio e mínimo que soprava do Oriente. Escolhi um lugar para tomar café. Mudei de ideia ao ver o tamanho das romãs cortadas com as sementes lilás à mostra. Troquei tudo por um copo de suco fresco. A moça

miúda extraía o sumo, pendurada no espremedor de aço.
Ainda em pé observava a abençoada variedade de pessoas,
partículas ondulantes se mexendo, comendo, discutindo.

Reproduzi a voz da menina que conteve o segredo:

"Todas as conversas, de todos os tempos."

E foi ali, ali mesmo que aconteceu!

No meio do consumo, em meio à brutalidade das cédulas de dinheiro, entre gritos e mercadorias disputadas, bem no seio da indelicadeza profana do comércio. Fez-se, como se, juntas, cada fração daquela instrução vital desse sentido para as palavras.

"Deus ilumina por dentro."

Era a realidade. Nem se agrupássemos todas as locuções do mundo, de Babel a Alexandria. Nem todas as páginas dos livros em suas infinidades tipográficas. Nem mesmo a beleza da compreensão. Incomparável, a nada. Só a vida, ela mesma, poderia oferecer esse presente: a sensação do acima. Era isso, só isso!

COLEÇÃO PARALELOS

1. Rei de Carne e Osso
Mosché Schamir

2. A Baleia Mareada
Ephraim Kishon

3. Salvação
Scholem Asch

4. Adaptação do Funcionário Ruam
Mauro Chaves

5. Golias Injustiçado
Ephraim Kishon

6. Equus
Peter Shaffer

7. As Lendas do Povo Judeu
Bin Gorion

8. A Fonte de Judá
Bin Gorion

9. Deformação
Vera Albers

10. Os Dias do Herói de Seu Rei
Mosché Schamir

11. A Última Rebelião
I. Opatoschu

12. Os Irmãos Aschkenazi
Israel Joseph Singer

13. Almas em Fogo
Elie Wiesel

14. Morangos com Chantilly
Amália Zeitel

15. Satã em Gorai
Isaac Bashevis Singer

16. O Golem
Isaac Bashevis Singer

17. Contos de Amor
Sch. I. Agnon

18. As Histórias do Rabi Nakhman
Martin Buber

19. Trilogia das Buscas
Carlos Frydman

20. Uma História Simples
Sch. I. Agnon

21. *A Lenda do Baal Schem*
Martin Buber

22. *Anatol "On the Road"*
Nanci Fernandes e J. Guinsburg (org.)

23. *O Legado de Renata*
Gabriel Bolaffi

24. *Odete Inventa o Mar*
Sônia Machado de Azevedo

25. *O Nono Mês*
Giselda Leirner

26. *Tehiru*
Ili Gorlizki

27. *Alteridade, Memória e Narrativa*
Antonio Pereira de Bezerra

28. *Expedição ao Inverno*
Aaron Appelfeld

29. *Caderno Italiano*
Boris Schnaiderman

30. *Lugares da Memória – Memoir*
Joseph Rykwert

31. *Céu Subterrâneo*
Paulo Rosenbaum

Este livro foi impresso na cidade de São Bernardo do Campo
nas oficinas da Paym Gráfica e Editora, em abril de 2016,
para a Editora Perspectiva.